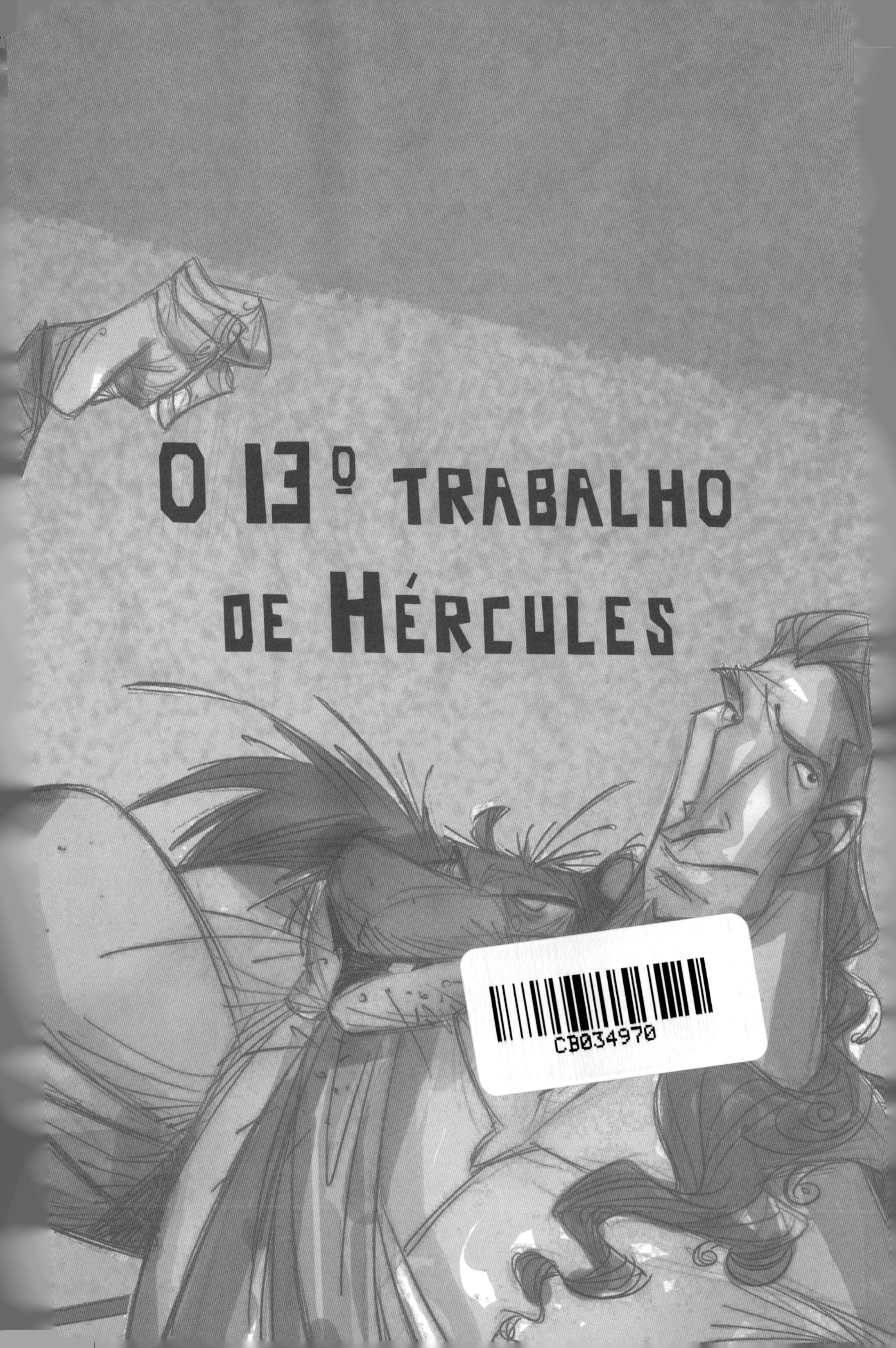
O 13º TRABALHO
DE HÉRCULES
CB034970

Orígenes Lessa

O 13º trabalho de Hércules

Ilustrações
Dave Santana

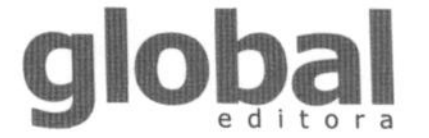

8ª Edição, Global Editora, São Paulo 2017
2ª Reimpressão, 2019

Jefferson L. Alves — diretor editor(a)
Dulce S. Seabra — gerente editorial
Flávio Samuel — gerente de produção
André Seffrin — coordenador editorial
Eliezer Moreira — estabelecimento do texto e biografia do autor
Malu Poleti — assistente editorial
Jefferson Campos — assistente de produção
Danielle Costa — revisão
Dave Santana — ilustrações
Tathiana A. Inocêncio — projeto gráfico

Obra atualizada conforme o
NOVO ACORDO ORTOGRÁFICO DA LÍNGUA PORTUGUESA

A Global Editora agradece à Solombra — Agência Literária pela gentil cessão dos direitos de imagem de Orígenes Lessa.

CIP – BRASIL. Catalogação na publicação
Sindicato Nacional dos Editores de Livros, RJ

L632t

Lessa, Orígenes
O 13º trabalho de Hércules/Orígenes Lessa; ilustração Dave Santana. — [8. ed]. — São Paulo: Global, 2017.
il.

ISBN 978-85-260-2305-5

1. Literatura infantojuvenil brasileira. I. Santana, Dave. II. Título.

16-34488
CDD: 028.5
CDU: 087.5

global editora e distribuidora ltda.
Rua Pirapitingui, 111 — Liberdade
CEP 01508-020 — São Paulo — SP
Tel.: (11) 3277-7999
e-mail: global@globaleditora.com.br
www.globaleditora.com.br

Nº de Catálogo: **3862**

Sumário

I

O Canal 27

O pessoal que trabalhava na recepção da TV-Olimpo, Canal 27, a mais popular televisora da América Latina, que contava com a maior equipe de artistas do mundo ocidental — e portanto do globo terrestre — vinha, desde muitas semanas, sendo atormentado pela visita quase diária daquele gigante.

Estavam todos habituados a atender centenas de visitantes por dia. Trabalhar no Canal 27 era o sonho de milhões de jovens em todo o país. Atores, cantores, locutores, maduros e juvenis, empregados e desempregados, já famosos ou ainda por aparecer, disputavam a glória de brilhar no Canal 27, que tinha, em média, 85% da audiência em todos os horários.

Aparecer no Canal 27 era ser conhecido, automaticamente, por milhões em todo o país. E o Canal 27 era tão próspero e pagava tão bem, transmitindo em cadeia com mais de 100 emissoras do país e até do estrangeiro, que mesmo artistas já famosos em Paris, Londres, Tóquio e Nova York enviavam seus agentes ao Canal 27. Havia alguns que chegavam a propor trabalho gratuito e exclusivo... Porque a renda dos discos dos cantores do Canal 27 enriquecia músicos, letristas, intérpretes e gravadoras.

— Mesmo de graça é negócio! — diziam centenas de artistas já consagrados em todo o mundo.

Claro que o Canal 27 não aceitava trabalho grátis. Não achava correto. E não era mesmo. Quem trabalha tem direito a remuneração. Mas isso dava bem ideia do prestígio da grande emissora. E por aí se podia imaginar o trabalho da imensa equipe de recepção, cuja tarefa constava de selecionar, barrar ou encaminhar, a multidão de candidatos nacionais e estrangeiros, realizados ou por se realizar, que sonhavam com a suprema consagração da TV-Olimpo.

Eram tantos os candidatos que havia uma comissão de triagem. Não bastava apresentar o nome para ser recebido ou ultrapassar a barreira. Examinavam-se as cartas de apresentação, os recortes de jornal que muitos traziam, os discos possivelmente já gravados por cada um, os dados biográficos.

— Ah, já cantou na BBC? Vamos examinar sua voz... Já tivemos que barrar mais de vinte nas mesmas condições...

É que o Canal 27 só podia contar com 24 horas por dia para os seus programas e já tinha um elenco simplesmente fantástico, incluindo não só os artistas normais, mas até equipes de animais amestrados, campeões de luta livre ou de boxe e toda espécie de gente ou de bicho desejosa da consagração popular.

Alguns tinham o privilégio supremo de transpor a barreira. Os outros eram recusados sumariamente.

— Sinto muito, meu caro...

Houve quem morresse de desgosto. Outros sumiam para sempre no anonimato. Alguns, mais animosos, iam cuidar de aperfeiçoar-se, para uma nova tentativa, muito tempo depois.

Só aquele gigante de musculatura brutal, longos cabelos encaracolados, olhar de fulminar multidões, voltava sempre.

A recepção se encolhia de medo, ao vê-lo aparecer. Chegou até a pedir reforço policial, para se proteger. Porque o gigante, além daquela musculatura monstruosa, tinha outra coisa que inspirava pavor.

— Esse cara só pode ser maluco — dizia o chefe da recepção, batendo o queixo.

II

A primeira visita

— Está claro que só pode ser maluco — dizia a jovem encarregada do primeiro contato com os visitantes. Pedia os cartões, ou o nome e o endereço, de cada um, e escrevia num papelzinho o que desejava e com quem pretendia falar.

— Está claro que é maluco!

Chamava-se Diana, Diana da Silva, e nascera em São João de Meriti, que tanto se orgulhava de sua projeção no Canal 27.

— Maluco por quê? — perguntou-lhe um mensageiro que na véspera conseguira tão honroso emprego.

Diana ia explicar, mas calou-se, repentinamente apavorada.

— Lá vem ele outra vez!

De fato, o gigante se aproximava. Ela ainda não o vira, mas o porteiro acabava de voar pelos ares e caía, meio esborrachado, junto à mesinha em que os visitantes escreviam seus nomes, pleiteando a glória de um contato com qualquer dos diretores do Canal 27.

Não era a primeira vez que o caso acontecia. Vários porteiros da TV-Olimpo estavam sendo recuperados no hospital, com ferimentos de maior ou menor gravidade.

Competia aos porteiros, na famosa estação, fazer a triagem inicial.

— O que é que o senhor deseja?

— A senhorita pretende falar com quem?

Se, de acordo com o critério do porteiro, a pessoa era recepcionável, entrava, tendo adquirido o direito de ser atendida pela primeira recepcionista oficial, no caso Diana da Silva, e, após um cuidadoso interrogatório, podia, ou não, ser encaminhada ao chefe do departamento.

Acontece que, da primeira vez em que o gigante apareceu, teve uma "dificuldade" com o porteiro. Tratava-se de um sergipano fortíssimo, cangaceiro regenerado, que, não tendo sido aprovado como cantor (ele se gabava de ter aprendido a cantar "Mulher Rendeira" com o próprio Lampião), fora aproveitado, pela sua vigorosa presença física, para o espinhoso cargo de porteiro, posto de importância no Canal 27.

— Que é que você deseja, ó grandão?

— Quero falar com o dono.

— Qual é o assunto?

— É conversa de grande pra grande — disse o gigante, não querendo dar muita importância a um mero porteiro.

— Grande eu também sou, meu caro gigante — disse o sergipano, acostumado a mais deferências por parte dos que se aproximavam do seu augusto lugar. — Ou diz o assunto, ou cai fora. Tem muita gente na fila. Você, aliás, já desrespeitou a fila.

O gigante, apesar de sua aparência terrível, tinha um jeito manso de falar.

— É que eu venho de longe e tenho pressa — disse ele.

— Não gosto de "avexado" — disse o sergipano. — Cachorro, de avexado, nasce cego... Entre na fila. Quando chegar a sua vez, você me diz o assunto, tá bem? De grande pra grande...

E, achando muita graça na própria piada, voltou-se para o primeiro da fila:

— O que é que o distinto dese...

Não terminou a palavra.

Diante do espanto geral, o porteiro era erguido no ar e esperneava como um desesperado. Depois de espernear e se debater em vão, o bravo porteiro foi devolvido ao solo pelo intempestivo gigante, que não pronunciara uma só palavra.

Quis avançar para o intruso, mas dessa vez reparou melhor nos seus braços monstruosamente fortes, nas pernas que eram feixes de músculos. Pela primeira vez na vida via tanta musculatura num só homem. E o que é pior: pela primeira vez se via só diante de tanta reunião de músculos. Toda a fila desaparecera, como por milagre. Levou a mão à cintura, para apanhar o 45, mas lembrou-se de ter sido aquela a única exigência de seu novo patrão, ao dar-lhe o emprego: tinha que trabalhar desarmado.

— Quer dizer que... que o cavalheiro tá querendo uma entrevista, não é?

O gigante não conhecia a palavra "entrevista" e, já com certa humildade, que contrastava com a força fabulosa há pouco demonstrada, perguntou:

— O que é entrevista?

"Ih, o homem é burro", pensou o sergipano, recuperando a presença de espírito. Eu vou dominar esse cara pela força do intelecto...

E erguendo a voz:

— Bem, cavalheiro, entrevista (tá me entendendo?) é uma coisa que se faz devagar... Primeiro o cavalheiro diz o nome. Depois o distinto diz com quem quer falar.

— Com o dono...

— Aí é que entra a dificuldade. A TV-Olimpo não tem dono. É uma sociedade anônima. Sabe o que é sociedade anônima?

O gigante, modestamente, disse que não.

— Pois é... Aí é que tá o problema... Sem saber o que é uma sociedade anônima, ninguém pode ser recebido no Canal 27... O cavalheiro viu esse pessoal que estava na fila?

O gigante não respondeu. O porteiro continuou:

— Desapareceu todo mundo, não foi?

O gigante confirmou com um movimento de cabeça.

— Pois é, meu compadre. Foi todo mundo estudar o que é sociedade anônima, pra depois voltar. Por que é que o ilustre não faz o mesmo? Do contrário não dá pé...

O gigante baixou os olhos, muito confuso, e foi saindo. Ia informar-se melhor do assunto. Já dera alguns passos, quando se voltou.

— Ah, antes que me esqueça...

E, erguendo novamente o porteiro, que esperneava como uma criança apavorada, atirou-o contra a mesa da primeira recepcionista, Diana da Silva, glória de São João de Meriti.

Foi o primeiro porteiro do Canal 27 a baixar no pronto-socorro.

III

O inocente Juventino

Eles recebiam o primeiro tratamento no pronto-socorro e, conforme o caso, eram encaminhados para o Hospital dos Acidentados, onde lentamente se recuperavam. Dos muitos já vitimados, vários estavam ainda sob cuidados médicos.

Na série de porteiros que haviam passado pelos punhos do estranho gigante, havia alguns do tipo massa bruta, especialmente contratados para a circunstância. Tinham sido destacados de um programa de muito sucesso na TV-Olimpo, o Telequetche Internacional, que apresentava os mais ferozes lutadores do mundo, o Caboclo Bebe Sangue, o Coice de Mula, o Cavalão do Texas, o Égua Maluca, o Estripador do Nilo, o Riso de Hipopótamo, El Terror de los Pampas. Mas o primeiro da série a ocupar o lugar do sergipano, que fora o discípulo amado de Lampião (tinha apenas oito anos quando o "Mestre" morreu e já dava trabalho à polícia), era um pobre rapaz sem nenhuma pretensão. Protegido de uma das mais famosas cantoras do Canal 27 (nascera na mesma cidade do interior de São Paulo), tinha entrada livre na emissora, onde entrava como figurante nos programas de multidão para defender um cachê que mal lhe dava para não morrer de fome. Ele saía muito triste de um dos estúdios, onde lhe haviam prometido papel para a semana seguinte, quando um dos maiorais da estação, também seu conterrâneo, lhe bateu no ombro:

— Escute, Juventino: você quer um lugar permanente na estação?

— Queria — disse ele.

O homem o levou a um terceiro, que o levou a um quarto, que o apresentou a um quinto, e, meia hora depois, na sua doce inocência,

Juventino ia esperar, como porteiro, uma oportunidade melhor na maior televisora do mundo latino. Apenas não sabia nem procurou se informar sobre o que acontecera ao seu antecessor. Estava feliz, felicíssimo. Aliás, ninguém esperava que o gigante voltasse.

Três dias Juventino trabalhou tranquilamente, mostrando a maior eficiência, fazendo as perguntas habituais e encaminhando os interessados. Mas, no quarto dia, o gigante voltou. A fila era grande e Juventino atendia um por um, pela ordem. Súbito, percebeu um vulto enorme ao seu lado. Era grande demais. Mas, apesar de ser tão grande, não o assustou. E, antes de o interpelar, sorriu. Devia ser um *hippie* gigantesco, foi o seu pensamento. O vulto enorme não se vestia como os demais candidatos. Usava, como única indumentária, uma vasta pele de animal (Juventino achou que era de leão, pois já vira um desses animais no jardim zoológico) e, em vez de sapatos, usava umas alpercatas de modelo antigo, como nunca vira em sua vida.

— O senhor tem que entrar na fila — disse Juventino com aquela voz calma de quem, se não aparecia no vídeo, podia pelo menos ter um prato de feijão garantido todos os dias da semana.

O gigante olhou, sem entender a princípio, aquela multidão de homens e mulheres, novos e velhos, que formavam uma cobra enorme na calçada.

— Fila é isso? — perguntou.

Juventino confirmou.

— Eu preciso entrar na fila?

— Claro — disse Juventino. — Estamos numa democracia.

Aí o gigante, muito tranquilo, entrou na fila. Mas no primeiro lugar, junto a Juventino.

Os protestos começaram.

— Respeita a fila, ó cara!

— Cai fora, galalau!

O gigante era tão mais alto que o resto da serpente humana e tão mais forte do que todos juntos que bastou olhar para trás. Fez-se imediato silêncio. Apenas um, lá no fim, resmungou em voz baixa, como recomenda a prudência:

— É por isso que este país não vai adiante. Ninguém respeita o direito dos outros.

Mas não só falou baixo como o gigante não tinha muita facilidade em compreender português, quando falado baixo e meio depressa.

Juventino, que por seu lado também considerava a prudência uma grande virtude e também não sabia o que significava sociedade anônima, perguntou simplesmente:

— Da parte de quem?

— Minha.

Claro que aquilo parecia uma razão muito forte. Aliás, fortíssima.

O jeitão do gigante, porém, aquelas mãos possantes e aquele ar abrutalhado, que dava impressão de pouca inteligência, sem falar na pele de leão que lhe revestia em parte o corpanzil, não assustaram devidamente o bom do Juventino, que perguntou:

— O senhor é aqui do Rio ou do interior?

— Da Grécia — disse o gigante.

O inocente Juventino sorriu novamente. Os que estavam logo atrás, na fila, ouviram a mesma resposta, viram o tranquilo sorriso de Juventino e, mais calmos, acharam graça também. Um deles chegou a dizer:

— Da Grécia ou das Arábias?

Juventino, que fizera os seus estudos noutros tempos, animado com o bom humor geral, resolveu fazer a sua pilhéria:

— Não vai me dizer que é um dos sete sábios da Grécia, vai?

O gigante sentiu a ironia, o sangue subiu-lhe à cabeça, ergueu as mãos para esmagar o infeliz, mas, vendo-o tão pequenino, penalizado conteve-se. Juventino não percebeu o que se passava no interior do gigante. Facilitou mais uma vez:

— O senhor veio a pé ou veio de avião?

Disse e voou pelos ares, levezinho que era. O gigante dera-lhe um sopro, que parecia um furacão.

IV

De como Égua Maluca entra em cena

Houve aquele susto, na fila inteira, e novo sopro. Dezenas de homens e mulheres caíam sentados, alguns depois de rápido voo involuntário. Gritos de pavor. Gente a correr.

— Socorro!

Mas quando a polícia chegou ninguém se entendia. Ninguém sabia reconstituir o que realmente acontecera. Apareceram, mesmo, alguns repórteres e câmeras da estação, procurando documentar o estranho incidente, mas o mais importante, a causa do incidente, o gigante de sopro de tufão não foi localizado. Apenas os acidentados. Confusão geral. Falava-se num gigante, que ninguém vira fugir, apesar de tão grande. Só um jovem cantor, sobrevivente vitorioso de vários programas de calouros em estações menores, jurava que o gigante, depois de bufar inesperado, se dissolvera no espaço.

— Você está doido, rapaz?

— Palavra de honra — garantia o rapaz. — Eu vi com os olhos, eu vi com estes olhos, eu vi! Quando houve aquele bolo (eu também tinha caído) ainda vi o gigante, com ar de pouco caso, olhando o povo no chão. De repente, pluft!, o bichão não estava mais!

— Ele fugiu pra que lado?

— Não... Deixou de estar! Desapareceu!

— Você está vendo fantasmas!

— Eu acho que era!

Quando a ambulância chegou, Juventino foi para o pronto--socorro, o jovem cantor para uma clínica psiquiátrica.

Mas, pelas dúvidas, a chefe do pessoal do Canal 27 resolveu tonar providências mais enérgicas.

Não era um simples porteirinho como Juventino que podia responder por tão arriscada função. O Égua Maluca, ou Guindaste dos Pagos, tinha um grande cartaz. Certa vez, no Telequetche Internacional, diante do vídeo e de três mil assistentes, erguera o adversário, um apavorante chileno de 130 quilos, com a sua mão direita e, com a esquerda, o próprio juiz da peleja. O público julgava, a princípio, ser tudo aquilo combinado e achava graça. Devia estar no programa. Não estava. O Égua Maluca, justificando seu nome de guerra, famoso em muitos países, equilibrava no ar os dois mastodontes (o juiz, careca, reluzente e gritador, também pesava mais de 100 quilos) e rachava, contra a cabeça do juiz, a cabeça do chileno, e vice-versa, como se fossem dois leves bonecos de matéria plástica. Fora um custo apaziguá-lo.

Égua Maluca, desde essa ocasião conhecido também por Guindaste dos Pagos (orgulhava-se de ter nascido em Erechim, no Rio Grande do Sul), foi contratado para defender a portaria do Canal 27. Ainda não se tinha certeza quanto à existência do estranho gigante que começava a assolar e assombrar os candidatos à popular estação. Alguns, metidos a psicólogos, falavam apenas em alucinações coletivas. Mas o Égua Maluca já percorrera o mundo todo, esmagara vários lutadores em mais de 50 países, segundo garantiam os locutores.

Nesse peregrinar aniquilador, estivera até na Grécia, onde massacrara mais de vinte lutadores terríveis. Duas ou três testemunhas diziam ter ouvido do tal gigante, real ou não, que ele vinha da Grécia. Se fosse verdade, era um caso para o Égua Maluca tirar a limpo, com a maior facilidade...

V

Evocação de Cérbero

Houve novamente dois ou três dias de calma na fila do Canal 27. No primeiro dia, quase não houve trabalho. Pouca gente apareceu. Espalhara-se a notícia... Os candidatos se haviam retraído, com o temor muito natural de um perigoso repeteco.

O Égua Maluca (dificilmente fora convencido a ocupar o seu posto em trajes civis e não de lutador, com duas caveiras tatuadas no peito) entrou de serviço às 9 horas da manhã, quando se iniciava o expediente regular no Canal 27. Às 9 horas, geralmente, a fila tinha vinte ou trinta pessoas. Naquele dia, porém, não havia ninguém. Por volta de 10 horas chegaram os primeiros postulantes. A presença do Égua Maluca tranquilizou-os. O boato correu. Égua Maluca estava a postos. Aí o povo, aos poucos, veio chegando, o bom humor voltou. Cantores anônimos tamborilavam na caixa de fósforos. E Égua Maluca passava por uma experiência nova em sua vida. Uma jovem se aproximou:

— Pode me dar um autógrafo?

O Guindaste dos Pagos entendeu mal o pedido e disse que ali não ficava bem.

— Basta assinar o nome — disse ela.

— É contrato?

— Não. Autógrafo.

— Ah! Bem...

Continuou sem entender.

Aí um outro, na fila, explicou o que a moça desejava.

O novo porteiro recebeu a esferográfica e ficou sem saber qual o nome que devia escrever. Égua Maluca? Guindaste dos Pagos? O nome próprio?

— Pode pôr os três — disse a jovem.

— Eu só sei um deles, o que sai no contrato.

— Serve...

Então, com a maior dificuldade, mordendo a língua, o Guindaste assinou, com altos e baixos no papel, o nome inesperado: José Maria de Jesus Pereira.

O esforço mereceu uma salva de palmas. Mas não houve novos pedidos. Quem reconheceria, naquele nome, o demolidor fabuloso, que continuava, de olhar decidido, a procurar no horizonte da fila o tão falado gigante?

Esperou, ansioso, todo o primeiro dia. Esperou o seguinte. Esperou o terceiro. Em vão... A fila viera crescendo, retomara o tamanho habitual. Já bem maior no último dia, porque havia os que pretendiam entrar e os que desejavam apenas assistir, de graça, ao novo embate. Alguns, lembrando a piada do infeliz Juventino, comentavam:

— Se ele é da Grécia, se é um dos sete sábios da Grécia, pode tomar nota: com o Égua Maluca nunca mais aparece...

— Claro... Ele é capaz de fundir a cuca do sábio...

— Pra mim, isso dá samba — disse alguém.

Já no quarto dia, porém, o gigante estava completamente esquecido. Nem chegara a samba. A fila continuava, normalmente, a se encaminhar para Diana da Silva, via Égua Maluca, apenas não depurada como nos dias do sergipano. O bravo lutador deixava passar todos, sem qualquer triagem, o que multiplicava o trabalho da jovem.

Vendo que toda aquela gente, depois de falar com a recepcionista, recebia um papel no qual escrevia coisas, quase sempre com dificuldade também, muito intrigado, Égua Maluca perguntou a um deles, quando saía:

— Você também está dando automóvel?

O esperançoso cantor teve o maior espanto:

— Automóvel?

Égua Maluca fizera uma pequena confusão. Queria dizer autógrafo, coisa que o jovem cantor esperava, realmente, conceder a filas ainda maiores, se um dia ingressasse no Canal 27... E já se afastava (entrevista marcada para 15 dias depois), quando empalideceu, trêmulo de medo e de emoção.

Dobrava a esquina, rumo à TV-Olimpo, uma robusta e olímpica figura.

Correu gelo pela fila. Pela espinha da fila. O zum-zum correra.

— Ih! Vai ter!

Constrangimento geral. Lá junto à porta um postulante fora admitido, com um passo à frente para todos. E, logo após, vários passos. Porque muitos, com explicável cautela, preferiam desistir, justamente apavorados.

— É agora!

— Eu vou me mandar...

— Fica firme. Não vai haver nada. O bicho está calmo.

Realmente, o gigante, com uma simplicidade comovente, ocupara o seu lugar na cauda da fila e somente avançava quando os outros avançavam. Aliás, recolhera do chão, com extrema doçura, uma pastora da Mangueira, que desmaiara. Atrás dela estava ele.

"Deve ser o calor", pensara o gigante.

E deu novos passos à frente, porque a fila, de maneira estranha, estava caminhando bem aquele dia...

— Eu tenho família — disse um pouco além um candidato mais precavido. — É mais negócio começar num programa de calouros do Canal 6...

— Deixe de ser bobo. Não vai haver nada...

— E se ele resolver assoprar? — disse o outro fugindo.

Égua Maluca, já mais despreocupado, não vira o gigante chegar. Mas estranhou a súbita agitação e a extrema palidez dos que estavam mais perto. Olhou melhor e notou, com estranheza não menor, que a fila de improviso se reduzira e ao longe grupos humanos se formavam, num crescente murmurar assustado.

— O que é que houve?

O cantor mais próximo estava sem voz e não conseguiu explicar. Apenas o seu olhar falava. Égua Maluca seguiu aquele olhar e viu lá no fim, mas já bem perto, porque a fila diminuíra, aquela vigorosa figura.

— É ele?

O cantor ainda não recuperara a voz, que era o seu grande orgulho de rouxinol da Pavuna. Mas Égua Maluca, o Guindaste dos Pagos, tinha dias de uma grande lucidez mental. Percebeu logo tudo. E sorriu com a simplicidade dos fortes.

— Pode vir, ó coisa!

Ninguém se moveu. Nem o gigante. Não sabia que era com ele. Tinha que respeitar a fila. Duas ou três pessoas desmaiaram de novo. "O calor não está assim tão grande", pensava o bom gigante, deixando que os outros socorressem as vítimas. Não queria perder o lugar... Mas aí percebeu ser com ele que o porteiro falava.

— É você mesmo, pele de leão! — gesticulava o porteiro. — Está com medo?

— Está falando comigo? — perguntou em direção ao guindaste humano.

— É você mesmo! Pode vir...

— Estou esperando a minha vez — disse humildemente o recém-chegado.

— Sua vez chegou! — disse o Égua Maluca, arregaçando as mangas.

De fato, sua vez chegara, sem que ele conseguisse entender o porquê. Todos os que estavam à sua frente haviam desaparecido miraculosamente e ele fora com a maior naturalidade e calmo andar se aproximando.

Quando deu por si, estava frente a frente com o porteiro.

— Posso entrar? — perguntou modestamente.

— Pode. Você vai entrar. Mas na bolacha, tá bem?

O gigante não entendeu. Gíria não conhecia. Como é que ele, tão grande, poderia "entrar" numa bolacha? Comera umas bolachas, anunciadas na TV, e não gostara nem desgostara. A bolacha entrara nele, goela abaixo. Mas como poderia ele caber numa bolacha? E, vagamente confuso, falou:

— O senhor é que é o Cérbero aqui, não é?

— Cérbero, não, cérebro! — exclamou o Guindaste dos Pagos, num clarão de inteligência. — Aqui só entra quem eu deixo!

— É isso — explicou o gigante tranquilo. — Sem querer ofender, eu me lembrei do Cérbero...

— Cérebro — insistiu o Égua Maluca.

Calmo, o gigante procurou explicar-se. Cérbero era o porteiro do reino de Plutão, na Grécia antiga.

— Reino de quê?

— Plutão...

— Mais respeito!

— Plutão é o rei dos infernos...

— Quer parar?

— Eu estou parado, meu amigo. Apenas querendo explicar.

— Então fale português mais claro...

— Desculpe. Estou fazendo um grande esforço. Minha língua é o grego...

— Grego eu já liquidei mais de vinte. Não me custa liquidar mais um...

— Calma, amigo... Eu estava dizendo que Cérbero...

— Cérebro...

— ... que Cérbero é o cão que guarda os infernos...

— Cão é você, ouviu, seu cachorro?

E foi assim que Égua Maluca foi o terceiro representante do Canal 27 a conhecer o pronto-socorro, onde, aliás, já haviam penado o Demolidor Chileno e o altissonante juiz de careca reluzente no programa que lhe dera o nome suplementar de Guindaste dos Pagos...

VI

Voltaria o tempo dos fantasmas?

Outros incidentes houve, é claro.

El Terror de los Pampas, na expressão de um repórter, quase tivera oportunidade de conhecer o extremo sul de seu país, a Patagônia, quando recebera uma patada brutal que o projetara no espaço.

É que ele tivera a infeliz ideia de atacar o gigante pelas costas. Colhido de surpresa, este fora exagerado na intuitiva reação. Sorte de El Terror de los Pampas fora ter caído no fofo de um fícus-benjamim que era o orgulho da praça.

O Riso de Hipopótamo estava processando a TV-Olimpo. Exigiu pesada indenização, caso bem caracterizado de acidente no trabalho. Estava incapacitado, segundo as previsões mais otimistas, para qualquer atividade profissional durante seis ou oito meses, com grave prejuízo para o seu cartaz e para a sua carreira.

O Cavalão do Texas, ao voltar a si, após sete dias de coma, garantiu ter visto, na mão que o esmagara, o dedo de Moscou.

O Estripador do Nilo, que a propaganda dizia haver arrancado pela boca as vísceras de um autêntico leão, num safári africano, tinha prometido enfiar, goela abaixo do gigante, a pele de leão, com que se apresentava em suas incursões ao Canal 27. Não conseguira cumprir a promessa... Embora não confirmado, corria o boato de que havia convocado, da União Sul-Africana, famoso cirurgião especializado em transplantes. Podia não ser verdade, mas constava tratar-se de um caso urgente, o primeiro na história da Medicina, de transplante de tripas...

Os casos eram muitos e grandes. Maior porém era o caos... As coisas aconteciam "fora" da estação. No pavor que havia "dentro", sentia-se, sobretudo, uma enorme perplexidade. Ninguém entendia o "porquê" das atitudes do estranho personagem.

Por que, sendo tão forte e eliminando com tanta facilidade os mais rudes e mais bravos porteiros, que o tentavam reter, ele nunca forçara, propriamente, a entrada? Por que procurava sempre licença para entrar e só tinha os seus entreveros quando chamado à luta?

Realmente, sem ser agredido, apenas duas vezes tomara a iniciativa do ataque. Da primeira vez com o sergipano, que já estava recuperado e cantava, em meigo tom, a "Mulher Rendeira".

Tu me ensina a fazer renda,
eu te ensino a namorar...

Da segunda vez, quando soprara Juventino. Talvez para dar uma demonstração dos seus poderes. Em todos os outros casos, agira sempre em legítima defesa. Caso bem típico, o que acontecera com El Terror de los Pampas...

Para muitos, tratava-se de um louco. Era a opinião de Diana da Silva, nascida e crescida em São João de Meriti. Seria uma explicação plausível sob certos aspectos. Mas havia outras. Era isso que intrigava os demais.

O simples ângulo policial, que tanto apaixonava alguns jornais, do contínuo massacrar de porteiros, nada era, comparado aos elementos fantásticos, quase mágicos, da sua aparição sempre imprevista (ninguém o via chegar, quando se olhava já tinha chegado...) e da sua sempre misteriosa desaparição, que tornava inoperante todo o policiamento que se fez depois. Nunca chegava, já tinha chegado... E nunca fugira ou correra. Quando se percebia, não estava mais. Desfeito no ar? Arrebatado? Desmaterializado?

— Virou sorvete! — disse uma vez um garoto, frase que foi manchete num jornal da tarde...

Mas o sorvete escorre. Na casca, no copo, no prato, no chão. O sorvete se derrete, vira líquido, mas fica, pode ser visto... O gigante não.

— Sorveteu — dissera uma testemunha de origem baiana.

A palavra reproduzia melhor o acontecido, mas não explicava.

Psicólogos haviam sido consultados. E até computadores eletrônicos... Histeria, alucinações coletivas... Ilusão da plebe faminta... Delírio comum das multidões fascinadas pelo Canal 27... Autossugestão de rápido contágio... Parapsicologia... Mas o pronto-socorro e o Hospital dos Acidentados lá estavam para dar uma característica de ocorrência policial aos fatos. Não era por autossugestão que o Riso de Hipopótamo, El Terror de los Pampas, o Cavalão do Texas penavam de ossos moídos e cabeça rachada.

— Só pode ser assombração — disse alguém.

— Eu sempre achei que era fantasma — confirmou um amigo.

Quando o público chegou a essa meia conclusão, foram cancelados todos os anúncios nas demais televisoras do Rio. Cem por cento da audiência estava inteiramente voltada para o Canal 27, muito sóbria no relato dos fatos, e os anunciantes disputavam, a peso de ouro, os seus intervalos... Só não acreditavam no aspecto sobrenatural do fenômeno os diretores dos demais canais.

— Isso não passa de uma promoção genialmente bem bolada do Canal 27...

Mas a histeria já transpusera as fronteiras, nesta hora essencialmente da comunicação. E a BBC, no seu programa para o Brasil, sempre melhor informada que o próprio Canal 27, relatava que jornalistas ingleses, especializados em almas do outro mundo, arrumavam as malas para vir estudar *in loco* os estranhos acontecimentos do Rio de Janeiro, antiga capital do Brasil e uma das mais belas cidades do mundo.

VII

A curiosidade internacional

Os ingleses vieram mesmo. E como eles, de outros países de elevado padrão cultural, começaram a chover homens de rádio, de TV, de imprensa e de academias de ciências ocultas.

— Só os povos subdesenvolvidos apresentam algum interesse para o homem dos nossos dias, esmagado, automatizado e desiludido pela tecnologia — dissera, querendo lisonjear os repórteres que o entrevistavam, o chefe da primeira equipe que desceu no Galeão.

E acrescentava, com tranquila superioridade:

— Tenho a certeza de que vou adorar o Brasil!

Não chegou a adorar, infelizmente... Ficou com ódio! Por muitas razões. A primeira, porque a direção da TV-Olimpo se recusava, formalmente, a conceder qualquer entrevista ou esclarecimento sobre o assunto. Tudo o que tinha a dizer já fora posto no ar, através de seus telejornais informativos. A portaria tinha ordens expressas de não permitir a entrada de qualquer curioso ou repórter vindo do estrangeiro. Dentro da estação, "nada" acontecera. Se houvera algo, tinha sido "fora". Que os interessados se informassem lá fora... E na portaria, em lugar de El Terror de los Pampas, do Riso de Hipopótamo, ou de Cavalão do Texas, estava agora, maçudo e maciço, o Caboclo Bebe Sangue, que era uma parada. Talvez não fizesse coisa alguma diante do Gigante Misterioso, mas tinha suficiente porte, vigor e carantonha para neutralizar qualquer tentativa de penetração de ordem puramente cultural...

Mas havia razão nova e maior para irritar os correspondentes estrangeiros que ficavam pelas redondezas com seus equipamentos de fotografia, cinema e transmissão: o gigante não voltara. Entrara em recesso. Desde a internação do Estripador do Nilo que nada de anormal acontecera.

As filas, tranquilizadas pela presença de novas patrulhas policiais bem armadas, iam, pouco a pouco, retomando as proporções dos primeiros tempos. Tudo se normalizava. E os correspondentes estrangeiros, depois de algumas semanas de inútil espera, acabaram convencidos de que haviam caído num verdadeiro conto do vigário. Razão tinham as outras emissoras. O "gigante" não passava de "promoção" do Canal 27, puro ardil publicitário para a conquista quase absoluta da audiência da cidade e talvez do país.

— Uma guerra dos meios de comunicação. Apenas isso...

Havia, é verdade, o documento vivo dos porteiros hospitalizados e a eloquência das fotografias. Cabeça quebrada, tronco esmagado, ilíacos em frangalhos, confirmados pelas chapas, eram fatos incontestáveis.

— Mas quem nos garante — perguntava o presidente de uma Academia de Ciências Mágicas da Escócia — quem nos garante que não são acidentados comuns, contratados pela TV-Olimpo?

As vítimas, entrevistadas no hospital, poucos esclarecimentos podiam trazer. Eram de tal indigência mental que nada podiam acrescentar.

— Ele me pegou à traição — era tudo o que podia informar o Égua Maluca.

— O cara foi desleal, me deu um golpe proibido — garantiu o Cavalão do Texas. — Ele não é decente como eu, que só dou golpe legal. Brigo no regulamento...

Dizia isso em inglês (no Texas até os campeões de luta livre falam inglês), o que facilitava muito o seu contato com os estrangeiros. Mas não esclarecia coisa nenhuma.

— Quanto a estação lhe pagou para dizer que foi atacado pelo gigante? — perguntava um repórter mais atilado, com um sorriso de aguda inteligência. — Isso não é tudo combinado, como nas lutas que vocês realizam diante das câmeras?

Como única resposta, o Cavalão do Texas deixou cair o braço engessado na cabeça do repórter.

Era a sua primeira alegria, desde que entrara no hospital...

VIII

O Canal 27 se apavora

Aos poucos os correspondentes estrangeiros foram regressando a seus portos de origem. Quatro semanas haviam passado sem que o misterioso gigante voltasse. O assunto foi morrendo na imprensa. A polícia foi afrouxando os cordões de segurança não ostensiva, formada por agentes em traje civil, muitos incorporados na fila, bem armados, outros pelas esquinas, vigiando todas as vias de acesso ao Canal 27. E dada a própria sobriedade da TV-Olimpo, que se limitava a registrar os fatos com a maior objetividade e que, por isso mesmo, deixou de tocar no assunto, a certeza de que se tratava apenas de uma promoção bem bolada, ganhou, definitivamente, a opinião pública.

— Caímos num conto do vigário — disse, lá no inglês dele, o presidente da Academia de Ciências Mágicas da Escócia, ao tomar o avião, de volta para o seu país.

— Estes subdesenvolvidos conseguiram, desta vez, pregar-nos uma boa peça — disse o chefe de uma equipe alemã de repórteres, com um sorriso amargo.

— Fizemos o papel de palhaços — disse um cinegrafista francês. — Perdemos tempo e dinheiro inutilmente. País de selvagens!

E, resolvido a vingar-se, partiu para o Nordeste para documentar a miséria deixada pela última seca. Teria material farto para dizer mal do Brasil.

O mais grave, porém, é que o Canal 27, com a ausência do gigante e com a generalizada convicção de ser ele o responsável por uma promoção que a tantos prejudicara (ficavam sem explicação os sofrimentos físicos, clinicamente constatados, de seus bravos porteiros), começou a sentir, no Ibope, a reação do público. Ao fim de algumas semanas, as pesquisas de audiência começaram a assinalar, dia a dia, a queda do índice antes fabuloso, que era o orgulho da casa. No segundo mês, já o Canal 12 e o Canal 19 podiam novamente disputar-lhe os anúncios junto às agências de publicidade. Seu Ibope subia com firmeza. A Sociedade Anônima estava francamente alarmada. Antes, os anunciantes formavam fila, à espera de segundos vagos na sua programação. Agora já havia casos de anunciantes e agências que se recusavam a receber os seus corretores. Muitos, em sinal de protesto, suspendiam programações inteiras.

— Vocês estão brincando com o público! Sejam desonestos, mas não sejam fanáticos! Assim é demais!

Vingavam-se, vitoriosas, as estações concorrentes. A TV-12 lançara um slogan: "Uma estação que se dá ao respeito". A TV-15 formulara mais diretamente a sua filosofia: "A emissora que respeita o seu público". A TV-5 aconselhava: "Divirta-se com a emissora que não se diverte à sua custa". Uma quarta ganhava terreno. Afirmava, bem-humorada: "Quem não respeita se trumbica".

Mas o golpe mais duro veio de uma estação cujos melhores programas, até aquela época, nunca haviam conseguido 3% nas pesquisas de porta em porta ou de telefone a telefone. Lançava um programa que, para ser conhecido do público, teve de ser anunciado em página inteira em todos os jornais: "Quem tem medo do Gigante?" Na décima semana de calma nas filas cada vez mais fracas do Canal 27, o novo programa já suplantava, em audiência comprovada, o mais caro e famoso programa da TV-Olimpo.

Tão grave era a situação que o superintendente do Canal 27, que nunca respondera ao "bom-dia" das maiores anunciantes e que se gabava de não saber o nome de nenhum dos corretores da casa, chamou, para uma conferência secreta, o seu melhor produtor de programas. Depois de uma hora de conversa, o produtor deixou o luxuoso gabinete do chefe supremo completamente desorientado. Tinha uma semana, no máximo, para contratar no estrangeiro (não poderia utilizar matéria-prima nacional) um gigante autêntico para salvar a estação.

— Mas o gigante deve fazer o quê?

O superintendente respondeu com outra pergunta:

— Você está ganhando quanto por mês?

— Duzentos, trezentos mil...

— Pois bem. Se dentro de uma semana você não tiver um gigante vestido de pele de leão funcionando aqui na porta, com tudo bem programado, com aparição e desaparição no momento exato, você perde a mamata. Vai para o olho da rua, entendeu? Para o olho da rua!

E quando ele já saía a cambalear:

— Você só não precisa se preocupar com a pele de leão. Já encomendei uma em Angola. Deve chegar amanhã.

IX

Tudo pelo Canal 27!

O grande produtor não estava sendo lançado às feras. Tudo fora providenciado em segredo para facilitar a sua tarefa, que era de vida ou de morte para o Canal 27. Ele saíra estonteado do gabinete do diretor e procurava na cabeça, desesperado, os últimos cabelos, tentando arrancá-los, quando o chefe lhe apareceu na sala. Pôs sobre a mesa algumas notas de cem dólares.

— Você tem carta branca, meu caro Alvarenga. Pode gastar à vontade. Se precisar mais, mande um telex. Ponho à sua disposição, onde estiver, o que for necessário. Onde está o seu passaporte?

O desnorteado Alvarenga abriu a gaveta e arregalou os olhos.

— Estava aqui. Alguém roubou!

O diretor sorriu:

— Está aqui, meu filho. Quem tirou fui eu. Tudo em ordem. Visto para todos os países. Você tem plenas credenciais. Temos crédito em todas as companhias de aviação. Escolha o rumo. Mas saia, o mais tardar, amanhã cedo. Aonde quer ir?

— Buenos Aires serve?

— Prefiro um gigante que não fale espanhol. Bem grande e bem burro.

— E se eu fosse à Grécia? O "nosso" dizia que era da Grécia.

— Desde que você esteja aqui dentro de uma semana, com o animal, na base do segredo de Estado, faça o que bem entender. Não olhe as despesas. Toda a programação está pronta. Só falta o bruto. Vá à Grécia, passeie, se achar tempo, visite o Coliseu...

— O Coliseu fica em Roma.

— E eu com isso? Visite o que quiser. Ou melhor, não visite coisa nenhuma. Trabalhe. Quero você aqui, com gigante e tudo, dentro de uma semana. Dez dias, no máximo! Do contrário, já sabe: a sopa acabou!

— Vou reservar a passagem.

— Eu reservo.

— Então vou arrumar as malas.

— Já mandei buscar.

— Posso me despedir dos meus, posso?

— Mas diga que vai à Argentina.

— Está bem, está bem — disse Alvarenga.

E coçou a cabeça, preocupado.

— O problema é que minha senhora está esperando bebê...

— E eu estou esperando um gigante. Escolha!

Os olhos de Alvarenga pousaram na pilha de notas de cem dólares.

— Um gigante basta?

— Epidemia eu não quero. Basta um. Bem grande e bem burro. Entendido?

X

Aventura na Grécia

Para não perder quase 400 mil cruzeiros mensais, qualquer um faz prodígios. Com dólar para gastar livremente, qualquer milagre se faz. Alvarenga fez. E, pelas dúvidas, não importou apenas um, trouxe três gigantes de uma vez, devidamente gregos, brutalmente grandes, rigorosamente burros. Um quase não falava, de tão bronco. Mas seria capaz de virar um ônibus com um soco, ou de atirar com um pontapé, à altura de um terceiro andar, pelo menos um fusca. Esse bastaria, é claro. Mas Alvarenga já estava a cuidar, a peso de ouro, dos papéis para o embarque do bruto, quando passou por um circo. À entrada havia um grande cartaz, que não conseguiu ler, porque era em grego. Mas uma boa ilustração vale por um milhão de palavras. À noite, ele apareceu no circo. Era exatamente o que a tosca ilustração lhe dizia. Dois mastodontes se empenhavam, como tantas vezes já vira no Canal 27, numa luta livre. Cada vez que um jogava o outro no tablado, uma parte da arquibancada caía.

Quando o circo desabou totalmente, Alvarenga atravessou a multidão apavorada e aproximou-se dos dois lutadores que continuavam brigando.

— Um momento! Meus senhores... Um momento!

Não foi ouvido, nem seria entendido. Um dos monstros agarrava o adversário e o atirava a vários metros de distância, quase esmagando os últimos fugitivos. Mas o outro se ergueu rapidamente, como se nada tivesse sofrido, e veio ao encontro do feroz contendor.

Os dois se enfrentaram, partindo, um contra o outro, de cabeça baixa e de olhos fechados. Alvarenga também fechou os seus para não ver a desgraça. Foi parar longe, com o deslocamento de ar, tão duro fora o choque e tão ruidoso. Ergueu-se, com dificuldade. Era o único espectador no circo desabado. Os dois continuavam num entrechoque brutal de cabeças.

— Barbaridade! — exclamou, jogado outra vez ao solo por novo deslocamento de ar.

Afastou-se, por prudência, e ficou, de longe, como único assistente daquele espantoso combate. Nisso, um deles avança, arranca no centro do picadeiro um poste de ferro que sobrara do desabamento.

— Essa eu não quero ver... — disse Alvarenga, fechando os olhos novamente.

Só ouviu a pancada. Quando abriu os olhos, viu que o poste entortara, e só então os dois lutadores notaram, surpresos, que o circo desabara e o público fugira.

— Esses caras me servem — disse Alvarenga para os seus botões.

Tranquilos, os dois gigantes conversavam lá no grego deles. Alvarenga resolveu, então, entrar em entendimentos, falando em Bra-sil, Bra-sil e mostrando um maço de dólares.

Brasil eles não sabiam o que queria dizer. Mas dólar os dois conheciam. E a poder de dólar fez-se entender. Fechou contrato, pagou as multas do contrato anterior e resolveu os novos problemas de passaporte e remessa dos brutos.

— O patrão não queria, mas eu levo três. Assim ele escolhe o gigante que a estação merece...

XI

Hora de comer... comer...

Os três brutos tinham dado trabalho. Não apenas para a consecução, em tempo recorde, dos papéis da viagem. O embarque foi difícil. Quando Alvarenga apareceu com os homens no aeroporto, um pequenino funcionário encarou-os com o maior espanto:

— Nosso avião não é de carga, é de passageiros... Será que eles "entram" no aparelho?

Realmente a entrada foi trabalhosa. Mas o problema principal veio meia hora depois, ao servir-se a primeira refeição. Uma bela aeromoça vinha, lá da frente, depositando nas mãos dos passageiros as bandejas bem arrumadas e tentadoras, que os viajantes, muito calmos, iam lentamente delibando. Quando chegou a vez dos gigantes, eles devoraram em segundos tudo o que havia nas bandejas e se voltaram para Alvarenga a resmungar qualquer coisa que ele não podia entender. Um passageiro grego explicou em inglês a um outro que era poliglota e pôde informar em espanhol, a Alvarenga, que seus robustos amigos tinham gostado da amostra. O almoço "podia" vir...

Alvarenga pediu ao que sabia espanhol que dissesse ao que sabia grego que explicasse aos seus três amigos que aquele era "o" almoço.

Os três soltaram um rugido, que foi traduzido do grego para o inglês e do inglês para o espanhol. Para o que sabia espanhol foi uma surpresa saber que no Brasil não se falava esta língua, mas o português. Felizmente Alvarenga era bilíngue. Entendeu e ficou apavorado. Eles diziam, no seu rugir, que iam requisitar toda a comida do avião. E, partindo do rugido para os fatos, avançaram para a cabina e, momentos depois, a bela aeromoça explicava, pelo alto-falante, a dezessete passageiros ainda não atendidos, que todo o estoque de refeições se esgotara.

Ninguém se atreveu a protestar, é claro. Os gigantes voltavam sorridentes da cabina, garrafas na mão, bebendo pelo gargalo um generoso vinho de Corinto.

Por sorte, Alvarenga tinha carta branca para gastar. E a tranquilidade voltou aos passageiros sem almoço. O alto-falante informava que o avião faria uma parada extra nas Baleares, onde já haviam sido encomendadas refeições para cinquenta pessoas. A notícia foi transmitida primeiro em inglês, depois em francês, italiano, espanhol e, por fim, em grego.

Quando chegou ao grego, os gigantes rugiram. O rugido foi traduzido em inglês, que foi transmitido para o que sabia espanhol, que se entendeu com Alvarenga, que se apressou a correr para a aeromoça.

Dessa vez o alto-falante foi usado apenas em grego. Era uma retificação da cabina. A encomenda seria de cem, não de cinquenta refeições...

XII

Mal-entendido facilmente explicável

Tomás Alvarenga fora escolhido para a espinhosa missão não por ser um grande produtor de TV, mas por ser o quebra-galho supremo da estação. Falando apenas português, ele quebrava galho em qualquer língua. Era homem de imaginação, de iniciativa e de presença de espírito. Sabia prever e resolver todos os problemas. Nada o surpreendia. Ele se antecipava a todas as dificuldades.

Foi por isso que, pouco depois do pouso forçado nas Baleares, para o reabastecimento alimentar, ele, de maleta na mão, pediu uma entrevista com o comandante do avião. Assunto de extrema importância, dizia, extremamente secreto! A aeromoça arregalou os olhos, imaginando coisas, sem entender aquele estranho pedido de um homem que estava, evidentemente, vinculado a três terríveis brutamontes. Só podia tratar-se de um sequestro... Apenas nunca ouvira falar, antes, de sequestrador que "pedia" entrevista. De qualquer maneira, voou para a cabina de comando. Logo a seguir, visivelmente alarmado, o comandante do avião apareceu à porta da cabina e fez sinal a Tomás Alvarenga.

— *Please*...

Alvarenga pediu à aeromoça, que também falava o seu tantinho de espanhol, para que o auxiliasse como intérprete. Nesse meio tempo, o aviador olhou mais atentamente seus enormes conterrâneos e mais convencido ficou, ainda, de que estava condenado a um voo forçado fora de todas as previsões. Só não sabia se para Havana, Moscou ou Pequim... E tremia, a olhos vistos.

Sem a mínima ideia do terror que inspirava, inocente e tranquilo, Alvarenga entrou na cabina. O segundo-piloto e o radiotelegrafista, de cabeça baixa, tremiam também. Alvarenga não sabia como explicar-se. Seu forte não era o grego, era o português. Seu inglês ia pouco além de *please*, *I love you*, *bye-bye*, *Lucky Strike*, *Old Lord*, *strip-tease*, *OK*, *big*, *show*, *videotape*, *scotch* and *soda* e *the end*, que via em tantos filmes. Seu próprio espanhol não ia mais longe.

— *Usted habla castellano?*

— *Un* "pueco"...

Se o comandante soubesse espanhol, ao vê-lo dizer *un* "pueco", ficaria um pouco mais tranquilo. Mas ele vivia tão assustado com os frequentes sequestros aéreos que preferiu antecipar-se, perguntando com a maior humildade em inglês, logo transposto para mau espanhol pela jovem:

— Para onde quer que eu leve o avião?

Alvarenga ficou admiradíssimo com a inteligência do aviador, que tão depressa percebera a sua intenção.

— Para São Paulo.

— No Brasil?

— Claro!

— Depois do Rio temos que ir lá, de qualquer maneira.

O comandante ainda não estava entendendo. Era a primeira vez, na história dos sequestros aéreos, que alguém exigia uma cidade incluída no itinerário e não em país comunista. E entendeu menos ainda quando Alvarenga abriu a maleta e, em vez de retirar granada ou metralhadora, apresentou duzentos gramas de notas de cem dólares.

— Quanto *es* que vai custar?

O *es* era tudo o que tinha para dar um toque mais espanhol à pergunta. Mas tudo era mais simples do que à primeira vista parecia. Alvarenga desejava, apenas, alterar, na lista de passageiros, o porto de desembarque seu e dos seus companheiros. Pagava a diferença na passagem e estava disposto a pagar ao comandante e à sua equipe tudo o que desejassem pela alteração.

— *Nosotros* temos um negócio mais urgente em São Paulo...

É que, só depois de embarcar, Alvarenga pensara no inconveniente de desembarcar com os seus gigantes no aeroporto do Rio. Seria indiscreto. Poderia despertar a curiosidade da imprensa. E por um rádio especial pediu à direção do Canal 27 que um carro o esperasse em Viracopos, aeroporto internacional de São Paulo. Chegaria pela Olympic Airlines. O pequeno atraso seria facilmente compreendido e perdoado. Toda cautela é pouca...

XIII

Chegada a Viracopos

Quem recebeu Alvarenga e seus búfalos no aeroporto de Viracopos foi o chefe do DCP (Departamento Confidencial de Promoções) do Canal 27.

— Por que é que você trouxe tantos? Não bastava um? — perguntou-lhe o colega, no maior espanto.

— Eu não queria me arriscar a trazer um tipo que não agradasse...

— Mas só podemos usar um, meu velho. O que é que vamos fazer com os outros? Olhe que não é fácil esconder esses brutos...

Alvarenga tinha tudo previsto. Não havia precisão de esconder. Escolhido um, os outros seriam utilizados no Telequetche Internacional, ainda desfalcado dos seus mais famosos lutadores. O programa era dos mais populares e se ressentia da ausência dos astros vitimados pelo gigante misterioso. A dupla que contratara nos escombros do Circo Helênico era de excelentes profissionais. Eles dariam para uma fantástica exibição no próprio Maracanãzinho, se é que estava em condições de resistir ao impacto dos seus dois elefantes.

Conferenciando numa churrascaria de beira de estrada, enquanto os helenos devoravam bois, Alvarenga e seu colega ultimavam os planos. Usariam, para o Projeto Ômega, como fora discretamente denominada a operação, o primeiro gigante, reservando-se os dois últimos para um aproveitamento mais profissional de suas possibilidades. Com uma boa promoção, eles recuperariam o programa em desprestígio desde que Égua Maluca e seus colegas tinham sido afastados do ringue. Seria até uma boa explicação para a ausência de Alvarenga, que já vinha sendo comentada nos bastidores da TV. Fora contratar artistas no estrangeiro e chegava com verdadeiros astros de reconhecida estupidez, ao gosto das melhores famílias...

— Você não faz ideia, Leo! São dois animais autênticos!

O chefe do DCP olhou os lutadores. Eram magníficos. Devoravam com volúpia enormes churrascos sangrentos.

— Quem vai pagar a alimentação dessas feras? Eles comem fortunas!

— Isso é problema do patrocinador.

— A Shell topará?

— Talvez. Mas eles seriam ótimos para um bom fortificante.

— Ah! Então você acertou sem querer! O Laboratório Mayer vai lançar um fortificante por estes dias. Só que o nome é horrível: Vigoriboom.

— Horrível nada! O nome dá samba. Eu até já estou bolando o negócio... — Cerrou os olhos, ouvindo uma melodia interior.

— Olha. Vê se não dá... Como é o nome do produto?

— Vigoriboom...

— Escuta só...

E, tamborilando na mesa, cantarolou:

Quer ter a força de um touro?
Vigoriboom, bum-bum!
Vigoriboom, bum-bum!

— Genial! Você é o maior! — exclamou Leo, entusiasmado.

XIV

Telefonema para o Rio

Iam tomar o carro. Estava difícil acomodar os homens e os búfalos. Nesse meio tempo, lembrou-se Alvarenga de pedir uma ligação para o Rio. Afinal, estava levando dois excedentes. Foi inspiração do seu anjo da guarda. Informado pelo telefone do carregamento trazido, o superintendente do Canal 27 quase desmaiou. Mas a recuperação foi rápida. E deu instruções rigorosas para que Leo conduzisse os lutadores a Buenos Aires, onde deviam ser retidos pelo menos dois meses (o lançamento do Vigoriboom ainda estava em estudos). Lá eles podiam atuar em teatro, circo ou televisão, preparando um bom cartaz para quando chegassem ao Rio.

Acima de tudo, era preciso separá-los, o mais cedo possível, do terceiro gigante. Este deveria ser isolado por completo e tratado com a maior reserva.

— Você me disse que ele só fala grego, certo?

— Exato.

— Deus é grande! Ótimo!

— Está tudo organizado? — perguntou Alvarenga.

— É evidente.

— Mas quem explica ao cara o que ele deve fazer? Eu não tenho diálogo nenhum com o bicho.

— Isso é problema nosso. Traga-o diretamente para o meu retiro na Floresta da Tijuca. Eu estarei lá esperando. Em seis ou sete horas você chega, certo?

— Perfeito.

Alvarenga já ia desligar, quando o chefe indagou, curioso:

— O bruto é muito forte?

— Um monstro.

— Bronco?

— Impenetrável. Basta ver a cara dele...

— Será que ele conhece metralhadora?

— Deve conhecer, claro.

— Saberá que metralhadora dá tiro?

— É provável.

— E será que ele tem medo de tiro?

— Não perguntei, porque não falo grego. Mas acredito que sim. Até criança tem medo...

— Ainda bem, ainda bem... Precisamos estar em condições de controlar a fera. Venha imediatamente. Traga o carro do Leo.

— E ele?

— Ué! Já falei... Buenos Aires! Não me apareça no Rio com os outros. Separação imediata. Leo conhece bons empresários lá embaixo. Entregue os lutadores ao melhor. Você tem contrato assinado, não tem?

— Claro.

— Pois que o Leo defenda a nossa percentagem. Esse negócio está nos custando uma grana bárbara. Olhe... Deixe os três em São Paulo, onde Leo poderá providenciar as passagens. Os homens cabem no carro?

— Não muito. Eu já contei. São uma parada dura!

— Então que tomem um táxi.

E já bem-humorado:

— Ou um caminhão...

XV

O suspense é tudo

Alvarenga fora chamado ao gabinete do chefe. Broncopoulos, como ele apelidou o gigante, estava na Floresta da Tijuca, bem guardado. Àquela hora já devia cabecear de sono, pois haviam tido a precaução de colocar-lhe um soporífero no vinho. Dormindo, daria menos trabalho.

— Onde estão os documentos do bruto?

— Comigo — respondeu Alvarenga.

— Eu posso estar tranquilo, não é? O bicho só fala grego, pois não? Isso vai ajudar muito.

— Só vejo um problema. Quem vai dizer ao rapaz o que ele deve fazer?

— Que nada! A gente solta o bicho na praça. O resto, seja o que Deus quiser.

O plano era simples. Surpreender o povo com a volta do gigante. Recuperar o mito diante do público do Canal 27. Com as lendas anteriormente espalhadas, a visão do gigante, com sua pele de leão importada de Angola, provocaria o maior pavor e confusão. As filas eram grandes de novo. A TV-Olimpo estava aceitando inscrições para um concurso de calouros que distribuiria cem mil cruzeiros de prêmios. Operadores estariam filmando e entrevistando os candidatos, para promoção do programa. Quando o gigante aparecesse, eles, muito naturalmente, documentariam o fato inesperado, criando novas lendas. Atarantado com os gritos, as correrias e o terror da multidão, Broncopoulos, previamente dopado, se excitaria e, como um autômato, faria misérias imprevisíveis. E nunca mais voltaria, é claro. Mas a notícia ganharia o mundo, contando que o gigante misterioso reaparecera, desmentindo, com a sua presença, tudo o que espalhavam os inimigos do Canal 27.

Alvarenga, preocupado, perguntou:

— E se algum popular, no meio do pânico, puxar o revólver e fizer fogo no coitado?

— Coitado? Um gigante daquele tamanho?

— Mas, afinal de contas, um inocente...

— O que é que há, Alvarenga? Você é meu amigo ou amigo do gigante?

— Tem mais uma coisa: muita gente pode ser acidentada na hora do estouro...

— Bobagem. Você nem parece um cara inteligente. Se acontecer alguma coisa, é obra do destino. Ninguém morre na véspera. Mas não vai haver nada. Garanto. Apenas susto. Susto e publicidade. Onda... O que eu quero é onda...

— Mas o "outro" — insistiu Alvarenga — como era produto da imaginação popular, sei lá, "desapareceu" de maneira misteriosa. Como é que vamos fazer "desaparecer" este, sem o público notar? Ele "existe"...

— Você não entendeu, garoto. Ele não vai ficar aparecendo e desaparecendo, senta, levanta, senta, levanta... É uma vez só, já disse. Vem, espanta o povo, faz o escândalo e, depois, desaparece *mesmo*...

— Vai ser morto?

— Puxa! Você está dramático! Nós vamos dar um jeito. Ele não vai sofrer nada. Pode até ser preso. Não acredito, porque o policiamento, agora, é nulo. Mas, ainda que seja... Ele tem documentos? Ele sabe português? A polícia entende grego? Você já não disse que ele não sabe o seu nome, certo? A cópia do contrato, que era dele, está na sua pasta, confere? Ele é burro, não sabe nem que existe o Canal 27, pois não? Então não há perigo. O resto a gente resolve com jeito e com tempo. Vai tudo sair como manda o figurino. O seu amigo não vai sofrer coisa nenhuma. Vai, na hora oportuna, voltar, bonitinho, para a Grécia, sem machucaduras e cheio de grana, ok?

— E quando vai ser a tourada? Amanhã?

O superintendente sorriu:

— Suspense, meu filho, suspense! A coisa só tem graça com muito suspense! Você não prefere ter a surpresa, como o público?

E subitamente lembrando-se de que Alvarenga era gente e tinha família:

— Você é um pai sem entranhas, seu monstro! Nem sequer telefonou para casa...

Alvarenga saltou da cadeira:

— Meu filho nasceu?

— E com quatro quilos! É mais um gigante na praça...

XVI

A praça é do gigante

Tudo aconteceu na hora certa, mas não rigorosamente de acordo com os planos previamente traçados. O gigante apareceu, de improviso, na praça, onde uma longa fila caminhava a passo lento. Alguém deu o brado de alarma.

— Olha lá o gigante!

— Não diga!

O pavor se comunicou. Mulheres desmaiaram. Muitos valentes correram. Correu o primeiro, correu o segundo, a confusão se formou. Um brutamontes, envolto numa estranha vestimenta leonina, caminhava atarantado no meio dos gritos. Um policial quis dominar o povo e deu um tiro para o ar. A situação se agravou. Os câmeras da estação, que o sigilo da operação Ômega não permitira saber o que se planejava, deixaram-se tomar do pavor coletivo e se atropelaram também, abandonando os equipamentos caríssimos, destroçados pela multidão em polvorosa. Gente ia e voltava sem saber de onde nem para onde. Alguns se refugiavam em prédios vizinhos. Povo era derrubado, no fugir espavorido, criaturas pisadas sem contemplação por conhecidos e desconhecidos. Crianças da vizinhança, que brincavam na praça, foram arrastadas no atropelo geral. Um carro da radiopatrulha, que ocasionalmente passava, avançou para o meio do povo, recomendando calma, e cercou Broncopoulos, que olhava sem entender toda aquela confusão.

— É o gigante que volta!

— O monstro reapareceu!

— Prendam o camarada!

— Não atirem! Vamos apanhar vivo esse cara!

Mas de repente, o monstro começou a se retorcer, em movimentos estranhíssimos, como se estivesse louco ou sendo agredido por alguém.

— É lelé da cuca! — disse um sargento trêmulo de espanto. — Calma, pessoal!

Súbito, Broncopoulos ergueu-se no ar, num salto inexplicável, que não parecia espontâneo mas provocado. Só não se sabia por quem. Voltou ao solo, já caindo, ergueu-se, pôs-se em guarda, pulou de novo. Dessa vez não caiu, desabou. Ao dar em terra tinha, evidentemente, desmaiado.

— Alguém atirou? — perguntou o sargento, sem entender coisa nenhuma.

A praça já estava deserta.

O sargento se aproximou cauteloso, de arma em punho. Os companheiros o seguiam.

Broncopoulos jazia no chão.

Fez um movimento inconsciente.

— Ele está com o braço quebrado! — exclamou um dos homens da radiopatrulha.

— E pelo jeito, com uma perna também — disse outro.

O rádio-operador, no carro, pedia reforços.

XVII

Um vencedor coça a cabeça

Não era bem aquilo o que o chefe supremo do Canal 27 havia planejado. Ele queria menos a confusão que o testemunho do povo. Apenas gente que saísse afirmando haver visto o gigante, gente que atestasse não se tratar de uma lenda ou de ilusão. "Gigante à vista! O homem existe." Nada mais era preciso. Os operadores teriam filmado as correrias, documentariam pela imagem a misteriosa aparição, toda a cadeia comandada pela TV-Olimpo transmitiria o fato espantoso, os jornais falariam, as agências telegráficas contariam mundo afora, e os jornalistas, cinegrafistas, psicólogos e parapsicólogos estrangeiros, que haviam regressado ridicularizando o Canal 27, se retorceriam de desapontamento e de ódio.

Realmente tudo isso aconteceu, exceto o registro imediato pelos câmeras. Os jornais abriram manchetes. As revistas ilustradas compareceram minutos após o acidente e ainda fotografaram longamente o gigante desmaiado, o transporte do gigante para o hospital, os primeiros tratamentos médicos, a constatação de que ele estava todo quebrado, como se tivesse levado uma tremenda sova de pau. Feitos os curativos, o infeliz estava todo vestido, não de pele de leão, mas de branco. Enfaixado da cabeça aos pés. As radiografias atestaram um sem-fim de fraturas. Entrevista não podia haver. O bruto não falava... Tinha a língua quase cortada ao meio, por um estranho golpe a que ninguém assistira.

Inexplicável para todos — e as agências internacionais insistiam no ponto — eram as pernas, braços, cabeça e costelas que ninguém havia quebrado, mas estavam... Se os depoimentos do povo, na rua, eram incompletos e contraditórios, gente, dos prédios vizinhos, que acorrera às janelas e assistira aos acontecimentos, atestava que ninguém agredira o gigante, que não houvera luta alguma, e que, depois de dois ou três saltos no ar, o bruto desabara sem qualquer intervenção exterior.

O mistério crescia, portanto, mais intrigante que nos primeiros tempos. Sucesso total. Comoção geral, aqui e além-fronteiras. Polícia em movimento. Inquéritos federais. E aquela massa bruta impenetrável, sem papéis, sem documentos e sem fala... Tudo o que se sabia dele é que estava moído num leito de hospital e que usava, antes do incrível forró, a pele de leão mais fotografada do mundo...

O Canal 27 estava 100% vitorioso. Houve anunciantes que enriqueceram da noite para o dia fazendo câmbio negro de contratos que tinham com a estação. Uma companhia de cigarros, que nos últimos tempos cancelara os seus anúncios, comprava a peso de ouro o contrato de uma cadeia de lojas, que assim ganhava, num dia, o que seus refrigeradores, rádios e televisores não dariam num ano.

A euforia na estação era imensa. Alvarenga, embora constrangido pelo triste fim do seu amigo, nadava em felicidade. Há males que resultam em bem... A prova da honestidade da estação, sua recuperação perante o mundo, era viva e palpável.

E se algum dia Broncopoulos pudesse falar — estava longe esse dia — não seria em português e já tudo estaria esquecido... E o interessante é que as manchetes dos jornais confirmavam a existência do gigante misterioso e anunciavam seu fim: "Encerrado num leito de hospital o caso do gigante da TV-27".

Só um homem, na TV-Olimpo, permanecia soturno e sombrio, em meio à euforia geral: o superintendente. Não mostrava a menor alegria. Parecia contrafeito e mesmo apavorado.

Intrigado, Alvarenga penetrou-lhe na sala. Encontrou-o de cabeça entre as mãos.

— Mas o que é que há com você, Roberto? Você não está satisfeito? Deu tudo certinho, meu chapa!

— Você acha?

— Ah, já sei... Você não queria que Broncopoulos fosse apanhado, certo? Mas até nisso o nosso anjo da guarda ajudou. Ele tão cedo não pode falar. Continua o mistério. E isso até foi ótimo. Aumentou o interesse da história.

O superintendente, preocupado, massageava o rosto contra a mão espalmada, o cotovelo na bela mesa de jacarandá.

— Já pensou no estado em que ficou o infeliz?

— Ora, Roberto! Por isso não! Você nem parece um cara inteligente. Ele acaba ficando bom... Nós não vamos abandoná-lo, está visto. Depois a gente indeniza, discretamente, o coitado (você disse que ele não era coitado, lembra-se?) e ele volta para a terra dele. Aliás, adorei Atenas... Cada garota, meu compadre... Já pensou numa Vênus de Milo de carne e osso e completinha, com dois braços? Olhe: tem "assim", lá, dando colher de chá a quem chega...

O superintendente, alheio à pilhéria fácil, puxava fios do bigode que lhe caía pelos cantos da boca.

— Fala, Roberto. Te explica. Você está escondendo alguma coisa...

— Esse negócio vai dar galho, Alvarenga. Vai render...

— Claro que vai! Está rendendo! É uma coisa genial. Simplesmente espetacular!

— Não é o que você está pensando, garoto. Escute... Eu estava na janela, tá bem? Eu acompanhei tudo. Eu vi tudo... Inclusive o que os outros não viram...

— E daí? Não estou entendendo...

— Muito menos eu, meu caro! Muito menos eu. Só sei que ainda vai dar muito troço chato. Tome nota do que estou dizendo: muito chato...

XVIII

E a pancada vem!

Alvarenga ainda não tivera tempo de responder, o telefone chamou. Como quem pressagiava alguma nova complicação, Roberto Vilar tomou do fone e ficou alguns segundos sem coragem de o levar ao ouvido. Mas sentia-se que uma criatura, agoniada, dizia alô, alô, do outro lado. Lento, a voz cautelosa, o superintendente também disse alô. Disse e arregalou os olhos, ouvindo o que a secretária lhe revelava, da outra sala. E com as duas mãos em gesto de nadar, querendo impressionar ou impressionado, a mão direita com o fone agitado, a esquerda visivelmente a tremer, disse para Tomás Alvarenga:

— Eu não tinha prevenido? Eu não falei? Deu-se a melódia!

— Fale, Roberto!

— Não, não, espere! Me explique isso, Dejanira. Eu não estou entendendo.

Tinha o fone outra vez na posição de ouvir e falar.

— Mas explique, menina. Quem é o cara?

— O quê? Não entendi...

— Mas entrou como? Não temos portaria?

— Ele deu o nome?

— De quê? Tem sobrenome?

— Você disse que eu estava?

— Fez muito mal. Você sempre "vai ver" se eu estou, tá percebendo?

— Eu sei... eu sei... Agora é tarde... Mas diga que eu estou em conferência. Que passe amanhã ou depois.

Dejanira, a jovem secretária, devia estar explicando, nesse momento, ao intruso, que Roberto Vilar estava numa conferência importante que não podia ser interrompida.

— Está havendo o quê? — perguntou Alvarenga, nesse meio tempo. — Fiscais do Imposto de Renda?

— Antes fosse, meu filho! Eu não sou um sonegador!

Mas já o superintendente se encolhia, ouvindo a nova mensagem da bela Dejanira, que naquele dia estreava uma peruca nova.

— Hem? Hem?

— O quê? Ele vai entrar de qualquer jeito?

E Roberto Vilar, apavorado, descansou o fone e voltou-se para Alvarenga:

— Olhe, receba o cara. Diz que você é eu.

— O quê?

— Te vira. Dá um jeito. Eu mando rasgar todos os vales que você tem na caixa. Você não precisa prestar contas do dinheiro que levou na viagem...

E, sem mais dizer, abandonou a sala por uma porta secreta disfarçada no jacarandá imponente que lhe dava um tom majestoso de Gabinete da Presidência da República.

XIX

"Te vira, Alvarenga"

Era apenas um senhor muito grande, evidentemente muito forte, vestido como toda gente. Foi entrando. Não era espantalho nenhum. E tinha, mesmo, um jeito calmo, quase humilde.

— Faça o favor — disse Alvarenga, apontando-lhe uma cadeira de espaldar alto e ocupando a que Roberto Vilar abandonara momentos antes.

O desconhecido acercou-se, afastou ligeiramente a cadeira da mesa, tomou assento e desabou, a cadeira desfeita, num grande fragor.

— Oh, perdão! — exclamou Alvarenga, correndo para ajudar o visitante.

Ele repeliu a frágil mão que se estendia, erguendo-se de cara amarrada.

— Estes móveis nacionais são horríveis! — disse Alvarenga, procurando explicar-se: — Lamento muito, cavalheiro.

E muito solícito:

— Não se machucou, pois não?

O desconhecido não respondeu. Afastou, com um pé, os despojos da cadeira que estavam no chão, ergueu, sem esforço, uma enorme poltrona estofada, que aproximou da mesa, experimentou-lhe, com as mãos, a resistência, sentou-se e fez um gesto a Alvarenga, para que tomasse o seu lugar à mesa.

— Às suas ordens — disse Alvarenga obedecendo.

Olharam-se os dois.

— O senhor é que é a Sociedade Anônima?

— Como?

— É o senhor quem manda aqui?

— Mais ou menos.

O enorme recém-chegado contemplava-o com visível desconfiança.

— Foi o senhor que falou com aquela jovem?

— Sim... Quer dizer... Eu estava aqui...

— E o outro.

— Que outro?

Alvarenga começava a inquietar-se.

O homenzarrão examinava, intrigado, a sala, como querendo ver se havia alguma outra saída. Nisso, percebeu que não havia nenhuma. A própria porta pela qual passara confundia-se com o revestimento de madeira das paredes.

Levantou-se apreensivo, começou a palpar e forçar a madeira em vários pontos.

"Este negócio vai acabar mal...", pensou Alvarenga, coçando a cabeça e acompanhando em silêncio os movimentos do estranho personagem, cuja pressão, na cercadura de jacarandá, ia, em alguns pontos, produzindo um barulho de madeira partida.

O desconhecido, também em silêncio, continuava a forçar a parede. Nisso, uma porta cedeu. Por ela havia entrado. Olhou fora, viu a secretária, julgou entender, fechou a porta, recomeçou a pesquisa.

Na quinta ou sexta tentativa, a parede tornou a ceder. Forçou. Era a porta por onde saíra Roberto. Que não havia fugido. Estava de fora procurando saber o que se passava na sala.

Sem palavras, o desconhecido agarrou o superintendente pelo paletó, ergueu-o sem dificuldade, a espernear e bracejar de medo, e colocou-o, quase paternalmente, em cima da mesa.

— É ele, não é? — disse o grandalhão para Alvarenga.

Roberto Vilar quis dizer que não, mas não teve jeito. Alvarenga confirmava, sem um pingo de sangue no rosto:

— É ele sim, cavalheiro! É ele! O diretor é ele! Eu sou apenas um auxiliar de escritório.

XX

Amigo é para as ocasiões

Alvarenga ficou apavorado, no primeiro momento, e fugira, deixando o amigo no fogo. Mas caiu em si, pensou melhor, viu que fizera um papelão. Amigo é para as ocasiões. E já estava longe (passou pela secretária sem dar nenhuma explicação), quando sentiu que precisava agir como homem. Tinha que tomar providências. Precisava salvar o chefe das garras daquele verdadeiro gigante, provavelmente algum amigo de Égua Maluca, de El Terror de los Pampas, do Cavalão do Texas, do Riso de Hipopótamo e dos outros lutadores que ainda penavam no Hospital de Acidentados. Devia ser, possivelmente, um enviado de seus empresários no estrangeiro, que vinha regularizar a situação dos colegas, exigir pesadas indenizações, não só pelos danos morais, por terem sido constrangidos a rebaixar-se da alta posição de famosos lutadores internacionais à mísera função de porteiros. Só podia ser aquilo... E lamentou ter desviado para Buenos Aires os dois lutadores que contratara nos escombros do circo de Atenas. Eles o ajudariam a resolver o problema. Se não eram, talvez, mais fortes do que o novo bruto, eram, pelo menos, dois... Um pela frente, outro pelas costas, o grosseirão estaria liquidado.

Dar alarma no escritório, provocar escândalo inútil, convocar os seus funcionários, muitos, mas sem dúvida nenhuma sem qualquer preparo físico, seria loucura. Mesmo porque estava em jogo o prestígio da estação. Deu um balanço rápido nas coisas, lembrou-se de que agora, com a última aventura do seu pobre amigo Broncopoulos, estava redobrado o policiamento da casa, e correu a falar com o responsável. Chamou-o discretamente a um canto, explicando-lhe em rápidas palavras o que se passava, e pediu-lhe que tomasse providências, mas evitando todo e qualquer sensacionalismo.

Sem muito entusiasmo, o outro fez sinal para quatro ou cinco policiais bem armados e deu-lhes instruções para que o acompanhassem, de mãos nas armas, sem chamar a atenção dos funcionários.

— Tem um servicinho...

Alvarenga ia lá na frente, os policiais fazendo o possível por aparentar a maior naturalidade. O próprio Alvarenga cantarolava, como se nada houvesse:

Olé, olá, o nosso Mengo
tá botando pra quebrar...

Passaram por várias salas, onde o trabalho continuava imperturbado, apenas dentro do caos rotineiro da estação.

Chegaram finalmente à antessala do chefe. A palidez de Dejanira se transmitiu aos policiais.

— Como é que está a coisa? — perguntou Alvarenga.

— Não sei — disse ela. — Seu Roberto ainda não chamou.

— O melhor é vocês entrarem — disse aos rapazes.

Bravos defensores da ordem pública, os policiais sacaram das armas automáticas e, num relâmpago de energia, empurraram a porta e penetraram na sala.

— Ué! Onde é que está o gigante?

Alvarenga, mais tranquilo, entrou também. Roberto Vilar estava descansando sobre a mesa. Mais ninguém, a não ser os policiais.

— Será que o bandido fugiu?

Correu à janela (era um terceiro andar) não viu embaixo sinal algum de agitação. Abriu a porta secreta, examinou a saída. No compartimento anexo, a porta estava fechada por dentro. Voltou à antessala.

— O homem não saiu por aqui?

— Que eu visse não... — garantiu Dejanira, acariciando a peruca nova estreada naquela manhã.

Alvarenga sentiu, no ar incrédulo e irônico dos policiais, que eles estavam pondo em dúvida sua sanidade mental.

Mas, para salvar-lhe a reputação, ali estava Roberto Vilar, entre morto e adormecido. Voou para o amigo, apalpando-lhe o corpo.

— Será que ele não está com alguma fratura?

XXI

A revelação

Aos poucos Roberto Vilar foi voltando a si. Abriu os olhos, meio atordoado, reconheceu Alvarenga, tranquilizou-se com a presença dos policiais.

— Onde está ele?

— Sei lá... Quando entramos aqui, estava só você.

— Ele saiu por onde?

— Pela sala da sua secretária não passou.

Roberto voltou-se para a porta das saídas estratégicas.

— Deve ter sido por aí...

E tremia.

— Por aí não foi, com certeza. A porta está fechada por dentro.

Roberto acariciou longamente o bigode curvo, procurando coordenar ideias. Estava recuperando a autoridade de chefe. Não queria falar na presença de estranhos. E, com aparente calma, dispensou-os.

— Não foi nada, amigos. Não digam nada lá fora. Não assustem ninguém. E estejam atentos. Falem o menos possível, por favor.

Os homens se afastaram em silêncio, de cabeça baixa.

Dejanira apareceu à porta, com ar assustado.

— Está precisando de alguma coisa, doutor Roberto?

— Por enquanto não. Depois eu chamo...

— Pois não...

Já ia saindo.

— Já bateu o relatório?

— Estou na décima página.

— Pode continuar. Quantas cópias você está tirando?

— Três.

— É pouco. Mas não faz mal. Depois você usa o xerox. Mas toque o serviço. Preciso desse relatório ainda hoje.

Quando se fechou a porta sobre a secretária, o superintendente levantou-se, foi verificar pessoalmente se a outra porta estava de fato fechada por dentro, foi à janela, olhou a rua, que nada mostrava de anormal. Pela janela não podia ter descido ninguém.

Pôs-se a acariciar a nuca, em movimentos compassados, como sempre fazia quando os problemas o angustiavam.

De repente, viu a cadeira em frangalhos no chão.

— Que foi isso?

Alvarenga fez um gesto, encolhendo os ombros, esticando o lábio inferior, as mãos se erguendo a meia altura, como quem tudo dizia e nada tinha a dizer.

— Foi ele quem quebrou?

— Não. Ela é que quebrou com o peso dele.

Em silêncio Roberto recolheu os despojos, logo ajudado pelo amigo. Pôs tudo em cima da mesa. Depois, pensando melhor, levou tudo para a salinha anexa, voltou, encarando Alvarenga.

— Você fez uma sujeira comigo, hein, seu doutor? Fugiu como um covarde!

— Fui buscar socorro.

— E com certeza deu um escândalo danado, saiu gritando por aí, não foi?

— Deixe disso! Eu não sou um principiante. Não sou uma donzelinha assustada. Saí, com a maior calma, não deixei que ninguém percebesse, falei com o sargento na maior moita, ninguém notou coisa nenhuma.

— Antes assim.

Sereno, apanhou o cachimbo, ajeitou o fumo, acendeu, perfumou a sala com a primeira baforada.

— Quer dizer que ninguém sabe como ele desapareceu?

— Eu, pelo menos, não sei.

Roberto chupou o cachimbo de novo, lentamente.

— Sabe quem era esse cara?

— A mim ele não disse...

— Então sente...

— O quê?

— Sente aí pra não cair no chão.

Alvarenga obedeceu.

— Fale.

Roberto chupitou o cachimbo. E dramático:

— O gigante, tá bem?

— Broncopoulos? Mas como? Ele está todo enfaixado, no hospital... E Broncopoulos eu conheço bem, o quê que há?

— Bronco é você, meu chapa. Este é "o" gigante... "o"... "o"...

— Mas que gigante, criatura? Você ficou louco?

— Acho que vou ficar... Acho que vou...

E em voz pausada:

— Esse é o gigante da fila, tá me entendendo? O "outro", o autêntico, o "misterioso"...

— O quê?

— Exatamente o tal! Eu não disse que tinha assistido à coisa toda, ali da janela? Não disse que tinha "visto" tudo? Eu não tinha dito que ainda ia acontecer muita coisa? Pois bem... Está acontecendo... E ainda vai acontecer mais! Nós estamos num beco sem saída...

Tirou três longas baforadas, acompanhou a fumaça com distraída atenção, desfazendo-a com um sopro. Voltou-se então bruscamente:

— Sabe quem ele é? Sabe o nome dele?

— Já disse que não.

— Você está bem sentado, não está? Pois ouça...

E erguendo a voz e escandindo a palavra, como um feliz locutor comercial:

— Hércules! Hér-cu-les!

— Hércules de quê?

— Oh, seu idiota! O próprio.

— Mas...

— O próprio... o da Grécia... o do leão de Nemeia... o da Hidra de Lerna...

— Você está me gozando... Você andou lendo Monteiro Lobato...

— Olhe: nunca falei mais sério na minha vida...

Alvarenga se levantou apreensivo:

— Você está se sentindo bem, Roberto?

— Não. Estou louco. É isso o que você quer dizer, não é?

— Hércules, que eu conheça, além de um deputado da Paraíba do Norte, é uma espécie de deus da Grécia antiga...

— Pois acredite, se quiser: é esse...

E recuperando totalmente, dentro da situação imprevista, sua autoridade de chefe, tocou a campainha.

A secretária apareceu.

— Olhe, Dejanira, se "seu" Hércules aparecer outra vez, mande entrar, na mesma hora. Entendido? Não me faça o cavalheiro esperar...

XXII

Compasso de espera

Perdido por um, perdido por mil. Já que estava dentro do mistério, já que a realidade era aquela, o melhor, a única solução, seria enfrentar os fatos, tal como se apresentavam. Fugir, seria inútil. Lutar... como? O gigante era maior. E imponderável. E imprevisível. De fato, a não ser a certeza de que a TV-Olimpo não tinha participação alguma nas fabulosas aparições da fila, e embora não pudesse contestar os estragos causados no corpo dos porteiros da casa, até aquele momento ele se limitara a não formular qualquer hipótese ou explicação para os acontecimentos que tinham sacudido a opinião pública e transposto as fronteiras. Devia haver uma embromação qualquer em tudo isso. No íntimo, no íntimo, sem o dizer a ninguém, também ele acreditava que o "gigante" da fila era pura promoção. De quem? Sua não podia ser. Não interessava ao Canal 27 aquele recurso barato. A estação estava plenamente vitoriosa, dominava o mercado, as pesquisas constantes o confirmavam. A estação fora, mesmo, distinguida com a Medalha de Mérito Postal, concedida pela Empresa de Correios e Telégrafos, como a maior produtora de venda de selos em todo o país. Seus artistas, seus programas, seus concursos provocavam um fabuloso movimento de correspondência, que era conduzida à estação em caminhões especiais, não por simples estafetas. Houve mês, segundo cálculos oficiais, em que quase 40% da correspondência circulada em todo o Estado do Rio de Janeiro tinha um endereço exclusivo: o Canal 27.

Emissora de tal gabarito e de tão grande repercussão podia dar-se ao luxo de não usar golpes baixos.

Roberto Vilar, desde o início, assumira uma atitude de suprema discrição. Pessoalmente, nunca usara nem autorizara qualquer sensacionalismo em torno do assunto. A estação limitara-se, nos jornais falados, ao simples noticiar de fatos, que não sabia explicar, nem podia esconder. Dados objetivos, secamente apresentados. A exploração era fora. Dos jornais, das revistas, das outras emissoras. Se o Canal 27 aumentara ainda mais o seu índice de audiência, se o seu nome ganhara o mundo, com os acontecimentos, se os anunciantes e as agências de publicidade vinham mendigar, de dólares na mão, fugitivos segundos, em volta dos seus programas noticiosos, culpa não era sua, nem mérito. A onda faziam os outros.

E Roberto Vilar apenas não sabia quem, mas estava certo de que alguém, fora da estação, na certa, alguém entre seus concorrentes despeitados, organizara tudo aquilo. Sorria, quando os correspondentes estrangeiros julgavam matar a questão acusando-o de "pai do gigante"...

— Esse filho eu nunca tive...

E apesar de nunca ter dito uma palavra, discreto e distante na sua posição de número 1, em toda a América Latina (pelo menos na América Latina...), tinha absoluta convicção de que era coisa de algum dos outros canais, ou de um *pool* dos outros canais.

— Pelo gigante se conhece o dedo que o move...

Quem podia ganhar com o medo dos que faziam fila à sua porta? Quem podia ganhar com a fuga dos que antes o procuravam, com o desbarato daquela serpente humana que era, só por si, a maior promoção do Canal 27?

Mas o tiro saiu pela culatra. A estação ganhara ainda mais popularidade. Nunca a imprensa lhe dedicara não tantas colunas, mas tantas páginas inteiras.

E a prova, para ele, de que havia má-fé, de que havia coisa organizada e inimiga, promovendo tudo, é que, tendo saído o tiro pela culatra, o gigante nunca mais foi visto. E talvez até aquilo estivesse na programação de seus concorrentes. Despertar a desconfiança, deixar a impressão de que a estação zombava do público e se divertia à sua custa. A ausência do gigante o prejudicara, esta sim, muito mais que a presença.

Culminara a coisa quando os hotéis do Rio se encheram de observadores e correspondentes estrangeiros. Sinal de que o mundo tinha os olhos voltados para o Canal 27. Nessa hora, deixou de aparecer o gigante. Desde essa hora, ninguém mais o viu. E daí por diante veio a onda de descrédito, a risota de todos, a desmoralização e aquele programa tão mal produzido, mas de tanto efeito: "Quem tem medo do gigante?"

Quando viu que a cartada era séria, que importava reagir, Roberto Vilar resolveu tomar o pião na unha. Ele produziria um rápido gigante, o seu gigante. Surgiu então a Operação Ômega e a Missão Alvarenga à velha Grécia.

Agora a iniciativa era dele. Estava tudo, agora, planejado, em rigoroso sigilo. Era o contragolpe. E ele sorria feliz, atrás de uma cortina, acompanhando os trambolhões e gritos na praça em polvorosa com Broncopoulos mais assustado que o povo, quando viu, pávido de espanto, outro gigante surgir, também revestido de pele de leão, avançar contra o pobre palhaço contratado por Alvarenga e dar-lhe a surra que resultou em tantas fraturas pelo corpo.

Operação planejada em segredo, seus inimigos não poderiam conhecer, não poderiam ter enviado o "seu" gigante para castigar Broncopoulos. Nem ganhariam nada com isso. Pelo contrário. Os restos de Broncopoulos estavam ali para materializar o que parecia lenda.

Mas o que mais o intrigou e apavorou foi que ninguém tinha visto o segundo gigante — ou o primeiro — só ele.

Agora o mistério começava de verdade. Era pra valer... Ficou esperando a continuação da novela, sem coragem de falar do seu temor mesmo aos seus amigos mais chegados. Nessa novela, era um personagem involuntário, sem saber que papel representava. A rápida visita de pouco antes confirmara o seu receio. A saída, ainda mais rápida e misteriosa, dava-lhe um toque de mágica. O melhor era, mesmo, resignar-se e aceitar o papel que não pedia. Perdido por mil, perdido por um milhão...

— No fundo, a culpa de tudo isto foi minha. O erro foi meu. A burrice. Eu não devia ter dado esse nome à estação... O azar veio daí...

Roberto Vilar não se perdoava. Se queria dar à estação um nome de monte ou montanha, símbolo do que se ergue da terra para o céu, de terra caminhando para o alto, por que não o escolhera na rica orografia nacional? Com tanto Corcovado, Pão de Açúcar, Mantiqueira, Capiapó, Caparaó, Paranapiacaba, Serra da Canastra e dos Órgãos, era preciso recorrer à Grécia, era preciso recorrer ao Monte Olimpo, com tantos deuses e semideuses desempregados pela marcha da civilização e da cultura?

XXIII

Hércules, pode haver mais de um

Mas naquele balanço mental que fazia das ocorrências em que fora envolvido, algumas começavam a ficar mais claras. Aliás, a incrível entrevista que acabara de ter com o gigante ajudava um bocado.

— Não trema assim, meu amigo. Eu não vim brigar, não vim fazer mal a ninguém. Fui constrangido, várias vezes, a usar de força que não pretendia empregar. Eu sou o primeiro a reconhecer que seria covardia... Só não gostei, não gostei mesmo, de ver aquele plebeu fantasiado. Vocês queriam me ridicularizar, não foi?

— Mas... mas eu não sei quem é o senhor...

— Sua secretária não lhe deu o meu nome?

— Sim. Mas pensei que era me gozando...

— Engano, meu caro. Hércules nunca foi palhaço. Toda a minha vida foi baseada no heroísmo, no espírito de luta... Você não me conhecia? Eu sou filho de Zeus. Ou de Júpiter, como diziam os romanos. De Júpiter e Alcmena...

"O cara é mesmo doido", pensou Roberto Vilar, recomeçando a tremedeira!

— Nunca leu nada a meu respeito?

— Alguma coisa a gente sempre lê...

— Já sei. Monteiro Lobato... Esse me levou na brincadeira. Os antigos tinham mais respeito. Mas os tempos mudaram. Nosso cartaz, como dizem hoje, veio diminuindo com o tempo. Lembram-se vagamente de nós, como de lendas sem importância, imaginação dos gregos, que passaram também. Os de hoje não valem nada. Só o Zorba se salva... E, depois de tantos séculos de glória, de admiração, de culto, de invocações, fomos lançados num completo abandono... Você tem ideia de quantos deuses, semideuses e heróis há por esses mundos afora vivendo exclusivamente de suas memórias, deuses aposentados, divindades inativas? É horrível, entendeu? Horrível! Foi por isso que resolvi baixar...

("Devia ter baixado direto num hospital", pensou Roberto Vilar, se encolhendo.)

— Já sei o que o amigo está pensando — continuou o grandalhão. — Não sou doido nenhum, meu cara. Os hospícios andam cheios de Napoleões delirantes, de falsos heróis e até de santos. Conheci um anãozinho como você, num sanatório italiano, que tinha a audácia de dizer que era eu. E, olhe, ele estava tão convencido que, quando entrava em delírio, eram necessários dez enfermeiros para meter-lhe a camisa de força... Mas a prova de que o pobrezinho não era o papai é que não só era dominado, mas ficava em carne e osso na camisa de força, sem conseguir se espiritualizar...

Parou de falar, o ouvido atento.

— Escute: quer a prova definitiva de que eu sou eu, de que sou Hércules, Hércules Tebano, Hércules, filho de Júpiter e Alcmena?

— Não, não, não é preciso — disse Roberto Vilar, batendo o queixo.

— Mas eu vou dar. Aquele seu colega idiota, que deu no pé, vem aí, com cinco ou seis capangas para me prender...

— O senhor não vai fazer mal a eles, vai? Pelo amor de seu pai, meu amigo, não maltrate os coitados...

— Eu vou só mostrar que sou Hércules de verdade...

— Mas a luta é desigual... Eles são tão pequeninos, tão fracos... O pobre do Alvarenga é um banana...

— Eu sei... eu sei. Minha prova é outra. É diferente. É a prova que o triste Hércules do hospício italiano não podia dar. Vou desaparecer, mas volto. Nós temos muito que falar.

A porta ia abrir-se, Hércules pareceu desfazer-se no espaço. Foi então que Roberto Vilar desmaiou.

XXIV

Vamos topar a parada

Na confusão de suas ideias, Roberto Vilar reexaminava agora, sob nova luz, tudo o que não conseguira entender no caso do gigante misterioso, que viera quebrar a tranquila e próspera rotina do Canal 27. Só agora entendia muita coisa, as muitas aparições e desaparições, umas e outras a justificar o adjetivo mais empregado pela imprensa: "misterioso". Sempre lhe parecera que havia algo de sobrenatural naquele episódio. Mantendo a discrição, que era nova em sua vida e que partia de uma instintiva intuição do problema, sempre evitara participar dos comentários e conclusões a que os amigos chegavam. Fazia-lhe impressão que o gigante nunca houvesse forçado sua admissão no escritório. Ficava de fora, pleiteando à sua maneira permissão para entrar. Se o Égua Maluca, o Bebe Sangue e o Cavalão do Texas haviam sido tão facilmente neutralizados, não seria a frágil telefonista e os pobres rapazes da recepção que lhe barrariam os passos, caso resolvesse ser recebido contra o seu protesto. Arrombaria portas, derrubaria paredes, esmagaria quem estivesse pela frente, irromperia em seu gabinete como um furacão.

— Mas ele não vinha em missão de guerra...

— No fundo, ele é um cara muito legal, muito respeitador. Se houve aquele massacre sem fim de porteiros foi, sempre, por ter sido atacado primeiro. Até os jornais reconheceram.

Pesando os fatos anteriores, Roberto estava convencido de que, desta vez, o gigante (por que viera em traje civil e não em pele de leão?) com certeza não passara pela portaria. Que, provavelmente, não se atreveria a impedir-lhe a passagem (devia estar escarmentada), mas com certeza avisaria pelo telefone... Aviso não viera. Ninguém notara sua presença nos corredores. Na certa, ele "se encarnara" pouco antes de penetrar na sala da jovem Dejanira. E diante desta fora, a princípio, muito humilde e solicitara a sua admissão como todas as pessoas normais, apesar de sentir-se ofendido com o acontecimento da véspera, quando se julgara caricaturado e ridicularizado pelo pobre Broncopoulos.

Diante de tanta coisa irreal, a realidade se desenhava muito simples, aos olhos do comandante supremo do Canal 27. Reagir, não adiantava. Nem podia. (Que o dissesse Broncopoulos!) Não acreditar, não dava jeito. Entender, era impossível. O melhor, mesmo, era aceitar as coisas como se apresentavam. Topar a parada. Fechar os olhos e tocar o barco. Não discutir, não tentar uma fuga impraticável. Adaptar-se. Romano em Roma, maometano no Egito, como aconselhava Napoleão. Na terra, como em terra. No mar, como no mar. Na TV-Olimpo, como em plena loucura.

— Seja o que Deus quiser. Ou Zeus...

E com esse espírito começou a esperar com a maior ansiedade a continuação da sua telenovela de portas adentro.

Assim é que é. Mais de uma vez chamou ao telefone, duas ou três vezes foi à sala da secretária:

— Será que seu Hércules não volta?

XXV

A autocrítica do herói

Da última vez em que fez a pergunta pelo telefone, percebeu um súbito barulho na sala e uma voz já familiar se fez ouvir:

— Tá falando com ele...

Estremeceu. Em pé, diante da mesa, de novo em sua clássica pele de leão, com certeza a mesma do leão de Nemeia, estava o filho de Zeus e Alcmena.

Roberto Vilar já estava aclimatado.

— Ué! Não vi o senhor entrar.

— Eu não entro. Eu estou.

— Não quer sentar-se?

— Essa cadeira aguenta?

— Essa eu acho que não. Mas aquela poltrona tem espaço e resiste. "Móveis Barbedo, suavidade de pluma, solidez de Rochedo." Pode sentar sem medo...

E sorrindo:

— Até melhorei o *slogan*... O senhor sabe o que é *slogan*?

— Não sei e tenho raiva de quem sabe. Mas precisamos resolver logo uma coisa... Não me chame mais de senhor...

— Vossa Excelência? — perguntou Roberto com humildade.

— Não brinque...

— Vossa Divindade?

— Nunca cheguei a deus. Quando muito, vice...

— Vossa Santidade?

— Nós não éramos santos. Pelo contrário. Se você tivesse estudado a Grécia antiga, lido Homero, lido os historiadores, saberia que éramos uns deuses muito... muito humanos. Não tínhamos, por exemplo, a grandeza do Deus dos judeus, que era perfeito. Nós éramos invejosos, rancorosos, mentirosos, trapaceiros, vingativos... Até ladrões... Júpiter, com o devido respeito, que era meu pai e pai dos outros deuses, abusava da situação e de seus poderes. Estava sujeito a toda sorte de paixões. E ia no embalo... Como vocês mesmo... Uma vez ele gamou por uma senhora de nome Europa, filha de Netuno, que era o deus das águas. Sabe que ele se transformou em touro, para enganar a pobrezinha? Fez coisas muito piores. Ele e os outros deuses...

— Era uma religião muito pra-frente — comentou Roberto.

— Prafrentex — disse Hércules. — Mas parece que não deu muito certo. Acabamos sendo abandonados pelos homens. Hoje ninguém mais nos toma a sério, ninguém fala de nós.

— Falar, fala-se — disse o superintendente ilustre da emissora.

— Mas é outra coisa. Falam nos livros, falam na literatura, pintam quadros, escrevem tragédias inspiradas em nossos feitos e desfeitos, escrevem ópera, mas respeito, culto, adoração, que é bom, tudo isso acabou. O dos judeus ficou, porque não tinha as nossas fraquezas. Dele saiu um outro Deus maravilhoso, que bilhões de pessoas adoram. Mudou a face do mundo. Nós ficamos perpetuados em quadros que reproduzem — por que não dizer? — apenas as nossas maroteiras...

— Mas deus assim é que é bom — disse Roberto Vilar entusiasmado.

— Bom pra você, que é capaz de compreender, ou que é um patife como fomos nós. Bom para os malandros. Dos nossos, quais são os que ainda têm algum cartaz? Vênus, que todo mundo liga ao erotismo, ao amor mais baixo, aliás uma grande injustiça com a coitada... Baco não passou do que vocês chamam de pau-d'água. Era, como eu, filho de Júpiter e de Semele... Como você vê, Júpiter nem sequer foi um marido fiel. Eu não sou filho de Semele, mas de Alcmena. Tinha as suas mulheres, avançava nas mulheres dos outros...

— Júpiter era genial! Um deus assim é que eu pedia a Deus.

— Adiantou alguma coisa? — disse Hércules, ajeitando a pele de leão. — Onde é que estão os templos de Júpiter? Alguém, hoje, se atreveria a erguer um templo em seu louvor? Quem se lembra dele? Quando muito os turistas, em caravana, quando visitam a Itália ou a Grécia... Até as divindades africanas, que os escravos trouxeram para o seu país, merecem mais atenção... Nós estamos mortos...

— Modéstia sua. Que o diga Broncopoulos, o Égua Maluca. O senhor está em plena forma...

— Pela última vez, garoto, não me chame de senhor... Quer saber de uma coisa? Me trate de você... Eu prefiro...

— Bem... É que eu não quero tomar confiança... Afinal de contas...

— Afinal de contas eu estou mesmo liquidado. O Olimpo fechou para balanço há dois mil anos... Não tenho ilusões... Você não é capaz de imaginar quanta divindade há por esses espaços na maior amargura, completamente esquecida dos homens... E olhe que foram deuses formidáveis... Tiveram multidões de adoradores... Templos fabulosos... Festas maravilhosas que deixavam longe o carnaval brasileiro... Os homens sacrificavam rebanhos inteiros a seus pés... Sacrificavam seus próprios filhos... Virgens eram-lhes ofertadas, novinhas, novinhas...

— Grandes tempos...

— Grandes tempos, sim — disse Hércules levantando-se, procurando o sofá. — Mas é duro, para quem já foi um deus, como Júpiter, ver que sua glória passou... Hoje em dia há bilhões que nem de nome o conhecem... Poucos dos nossos...

— Mercúrio ainda é muito popular...

— Eu sei. O deus do comércio... Eu gostava dele. Mas aqui entre nós... um deus na base do marginal... Hoje, que eu posso analisar o passado, vejo como ele não tinha o menor gabarito moral. Só podia ficar, mesmo, como símbolo para certa classe... Aquele meu irmão, porque também era filho de Júpiter, mas já de uma terceira mulher, Maia...

— Seu pai era fogo.

— É... Ele se defendia... Mas, como ia dizendo, Mercúrio nunca passou de um pilantra... Ele já nasceu roubando... No dia do nascimento surripiou o carcás de Cupido... a espada de Marte...

— Esses dois também são bem conhecidos...

—... mas qualquer orixá africano merece mais respeito... É que o mano era de amargar... Eu não disse que ele andou lesando Cupido e Marte? Pois não foi só isso... Bateu o tridente de Netuno, o cinto de Vênus e até o cetro do velho...

— O quê?

— Sim, o cetro de Júpiter, de Zeus! E já ia também escamotear o próprio raio, se não fosse o medo de se queimar. Olhe, meu caro... Tudo isso no dia do nascimento! Não foi à toa que o velho o expulsou do céu, mal o gaiato nasceu...

Hércules calou-se um momento, ajeitou melhor o corpanzil no sofá e murmurou pensativo, de cabeça baixa:

— É... Nós não tínhamos condições de continuar...

XXVI

Entreato

Roberto Vilar já estava perfeitamente à vontade no plano mágico em que os imprevistos do destino o haviam lançado.

Diante dele estava, simplesmente, um dos maiores heróis da Antiguidade. Nunca fora dado a leituras. Apreciava os livros só pela encadernação. De lombada bonita, ele comprava. Mas não lia. Seu contato com os antigos fora no período ginasial e tinha até tomado a maior ojeriza pelos deuses e heróis da velha Grécia, que povoavam, com os bravos marujos lusitanos, os Doze de Inglaterra e seu Magriço, as batalhas contra os sarracenos e os infantes e reis de Portugal, as estrofes de Camões, de tão difícil leitura, com o predicado aqui, o sujeito da oração perdido na outra estrofe, no meio de uma infinidade de ninfas, sátiros, faunos e barões assinalados.

— Esses deuses e heróis me fundem a cuca!

Um deles surgia-lhe agora em carne e osso, não em prosa e verso, como nos tempos de estudante. E parecia-lhe quase natural. Tinha assim uns longes de companheiro de escola, de colega de infância. O aparecer e o desaparecer daquele gigante pela própria divindade já não lhe causava a menor sensação. Dava-lhe até a impressão de fazer parte daquele mundo transcendente. Tinha uma vaga sensação de posse. De segredo. De mistério. Do mais além. Posse e intimidade. Participação...

De fato, Roberto ficara até lisonjeado com um pequeno detalhe. No curso de uma longa conversa, tendo-lhe a secretária anunciado pelo telefone a presença de Alvarenga que precisava falar-lhe, ao responder irritado que estava ocupadíssimo, Hércules perguntou:

— Quem é?

— Meu amigo Alvarenga.

— Está querendo entrar?

— Sim, mas eu disse que não podia ser...

— Por minha causa não, meu caro. Pode ser algum assunto importante. Mande entrar...

— Mas...

— Mande entrar. Eu tiro o corpo...

— Ele é do peito, é meu amigo. Você pode ficar.

— Mas eu não quero dar-lhe essa confiança...

E realmente se integrou no vazio.

Alvarenga entrou de olhar aceso.

— Estava falando com alguém?

— O que é que você acha? — perguntou Roberto com um sorriso, mostrando não haver outra pessoa na sala.

— É que eu estava ouvindo vozes.

— A minha?

— Parecia haver outra.

Roberto ficou até satisfeito de ver aquela confirmação, de ter uma nova certeza de não estar sonhando. Mas achou melhor não revelar o que se passava. Tinha sobre a mesa o texto de uma novela a ser lançada num futuro breve.

— Talvez eu estivesse lendo em voz alta esta pachouchada que você pretende dirigir. As novelas estão uma vergonha. Não entendo como dão tanto Ibope...

— Para essa eu já tenho até patrocinador.

— É triste... É triste...

E interessado em despachá-lo:

— Mas você queria o quê? Algum problema?

— Bem... Problemas, propriamente, não... Está tudo marchando... Mas, mas esse negócio do gigante...

— Broncopoulos? Ele andou falando?

— Tão cedo não fala, já disse. Nem é esse o problema. Esse galho fica por minha conta. Eu estou preocupado é com o outro...

— Que outro?

A inocência da pergunta desnorteou Alvarenga.

— Ué! Já esqueceu? E Hércules? E se ele voltar?

Roberto Vilar começou a limpar calmamente o cachimbo.

— Você tem algum plano?

— Quem sou eu pra ter plano? Eu tenho é medo, meu chapa...

— Quer dizer que você acredita em Hércules?

— Mas não foi você que inventou essa história? Não foi você que me garantiu?

— Esquece, Alvarenga...

— Mas...

Alvarenga coçou a cabeça.

— Esquece, tá bem? Não te mete nisso. Olha, eu não vou examinar a porcaria dessa novela. Pode cuidar da produção. Vai ficar em quanto?

— Bastante caro.

— Você tem patrocinador, não tem? Solte essa droga! Por conta dele... De agora em diante, só produzimos novela se o patrocinador financiar tudo. Não quero ser cúmplice. A responsabilidade moral, intelectual e financeira é do anunciante... Tenho pena do público... Pobre povo, pobre povo!... Nós nunca passaremos do subdesenvolvimento intelectual... Há coisas muito mais importantes no céu e na terra que...

Alvarenga não conseguia entender o amigo. Até aquela ocasião Roberto Vilar fora o ouvinte número 1 de suas telenovelas.

— Quero só dar uma olhada rápida no começo — costumava dizer. — Não quero saber a continuação. Eu gosto é da surpresa...

Agora assumia aquela atitude. Estaria no seu juízo perfeito?

E mais confuso ficou ainda quando, já ao sair, ouviu do amigo:

— Pode começar imediatamente. Contrate os artistas, providencie tudo. Você tem carta branca. Olhe! Não me apareça aqui sem ter gravado, pelo menos, vinte capítulos.

XXVII

Conversa de família

Roberto tinha era pressa de sair da rotina, de remergulhar naquele clima novo de mistério.

Precisava de explicação para uma dúvida que lhe saltara no espírito.

— O senhor está aí?

Não houve resposta.

Procurou, de olhos inquietos.

— Onde é que o senhor se escondeu?

Silêncio na sala.

Teve a súbita impressão de estar sonhando. Sonho ou pesadelo? Ou loucura? Estaria mesmo no seu gabinete de trabalho? Estaria no escritório da TV-Olimpo? Não estaria numa cela de hospício?

— Seu Hércules! Seu Hércules!

Ninguém.

— Pelo amor de Deus, seu Hércules!

Uma voz, de invisível origem, se fez ouvir.

— De Deus ou de Zeus?

— Pode ser de Zeus...

E, dessa vez, angustiado:

— Mas, por favor, apareça!

Hércules reapareceu.

— Graças a Deus!

— A Zeus...

— Tá bem. A Zeus...

Não conteve o desabafo:

— Olhe, seu Hércules, eu preciso...

O gigante o interrompeu:

— Se você me tratar, outra vez, de "seu" Hércules, eu fecho a sua emissora. Acabo com tudo. Não tem mais estação, não tem mais telenovela, não tem mais nada... Voa tudo pelos ares...

— É que respeito é respeito.

— Mas "seu" é de respeito humano. Eu não quero isso. Nós éramos tratados por "tu"... Eu já consenti em ser chamado de "você", que é íntimo, mas não é ridículo. Só falta você me chamar de doutor... Acabe com "seu", "senhor" e outras bobagens. Me chame de Hércules...

— Obrigado, meu amigo...

Assustou-se de novo, encolheu-se de medo.

— Pode ser?

— Pode, meu chapa.

— Deus lhe pague...

— Zeus...

— Zeus lhe pague...

Hércules sentou-se cauteloso.

— Não pense que eu tenho qualquer coisa contra o seu Deus. Pelo contrário. Não conheço maior. Tenho o maior respeito. Mas é uma questão de amor filial. Sou filho de Zeus ou Júpiter, já contei, e de Alcmena. Tenho que prestigiar o velho, que era um deus sem muito gabarito, eu sou o primeiro a reconhecer, mas, afinal de contas, meu pai! Estou certo?

— Sem dúvida.

— E, depois, você tem que ser coerente. Em que estação nós estamos?

— Ué! No Canal 27!

— Isso é o número. Mas o nome?

— TV-Olimpo.

Roberto Vilar não falou, mas pensou, e Hércules leu o seu pensamento.

— Você está pensando mais uma vez que o nome deu azar, deu toda essa complicação, não foi?

Roberto não respondeu.

Hércules continuou.

— Não foi por acaso nem por azar que você escolheu esse nome. Foi destino. Atavismo, talvez. Para mim, você é um dos nossos.

Roberto encheu o peito.

— Será?

— Para mim, você descende dos nossos. Não ponho a mão no fogo, mas uma coisa me diz que você é meu primo...

— Acha?

— Sinceramente. Você é da linhagem de um dos manos meus...

Dono de três iates, pescador submarino, tricampeão sul-americano de *water polo*, nadador exímio, Roberto arriscou:

— Netuno?

— Mercúrio — disse Hércules, na sua olímpica simplicidade.

XXVIII

A volta de Broncopoulos

Roberto Vilar não ficou muito lisonjeado. Sempre se gabara da sua profunda honestidade.

— Nunca fui um sonegador de Imposto de Renda! Nunca prejudiquei ninguém! Nunca faltei com os meus compromissos! A honestidade é uma questão de respeito próprio!

Depois de conhecer a opinião de Hércules sobre Mercúrio e sobre os seus companheiros de imortalidade, atribuir-lhe aquele laço de família não chegava a ser elogio. Mas Roberto achou melhor não se ofender (não seria fácil esquecer o destino de Broncopoulos e de seus antecessores nos acidentes da fila) e procurou na memória de seu possível antepassado algo menos comprometedor.

— Dizem que Mercúrio era o mensageiro dos deuses, fato? Hoje seria reconhecido como símbolo e precursor da comunicação, a ciência e a alavanca dos tempos modernos. A televisão...

Hércules sorriu, complacente:

—... também... também...

Apanhou a lata de caro e perfumado fumo inglês que havia sobre a mesinha de mármore. Abriu-a, aspirou deliciado, fechou-a de novo e ficou tamborilando com os dedos na tampa.

— Fumo bom...

— Estupendo, Hércules! Quer provar?

— Você trouxe de Londres?

— Não. Tenho um contrabandista que passa aqui toda semana.

— É — disse Hércules. — O mano Mercúrio também foi pai da comunicação... E, por falar em honestidade, como está o seu amigo Broncopoulos?

— Está melhorando.

— Onde estão os documentos dele?

— Que documentos?

— Vai me dizer que não sabe.

Roberto calou-se.

— Qual é o nome verdadeiro do infeliz?

— Sinceramente não sei. Só vendo os papéis.

— Você vai pagar todas as despesas, não vai?

Roberto hesitou. Negar, não adiantava. E preferia continuar em boa paz com o seu amigo inesperado.

— Vou. Assim que ele estiver em condições, será repatriado.

— Com uma boa indenização?

— Claro.

— E com uma pensão vitalícia?

— Por quê?

— Porque vai precisar. Ele vai ficar inválido...

— Mas não fui eu que...

— Está certo. Fui eu. Mas o primo rico vai assumir a responsabilidade, certo?

— Bem... Se ele reclamar...

— E você vai me dizer como o pobrezinho pode reclamar?

— Ué! Ele não tem boca?

— E essa boca pôde falar alguma vez?

— Houve alguma coisa?

— Infelizmente. Falar, não fala mais...

Roberto Vilar teve um imperceptível suspiro de alívio.

— Sinto muito...

— E ainda que ele pudesse falar, seria em grego e sem documentos. Não conseguiria nada.

O imperador da televisão coçou a cabeça, preocupado, como se colhido em toda a nudez do seu propósito.

— Foi chato.

— Mas você vai tomar todas as providências imediatamente, não vai?

— V... vou.

Hércules continuou como quem ditava instruções:

— Despesas de hospital... Passagem de volta... Depósito em dólar, no principal banco da Grécia, com retirada mensal fixa, já garantida pelo menos para os próximos dez anos...

— Mas... mas a estação não está em condições... E eu não posso ostensivamente comprometer o nome da casa...

— Pode — afirmou Hércules.

— Mas o senhor compreende...

— Você, primo. Você.

Roberto deu alguns passos de cabeça baixa.

— Mas você acha, Hércules, que é preciso o depósito adiantado? Não posso mandar todos os meses, ou de seis em seis meses?

— Não, meu fauno...

— Mas é que no momento não temos disponibilidades... Gastamos uma fortuna reequipando a estação.

Hércules olhou-o, sério.

— Quanto vale o equipamento novo?

— Quase um milhão.

— Cruzeiros?

— Dólares.

Hércules, distraidamente, acabava de amassar entre os dedos a lata de fumo inglês, perfumado como nunca.

— Então venda o equipamento.

— Mas nós precisamos dele!

— Venda.

— Mas nem sequer há quem o possa comprar no país!

— Então eu quebro tudo. Escolha.

— Está bem. Vou providenciar.

— Vai vender?

— Vou fazer o depósito.

— Quando? Hoje?

— Hoje é impossível.

— Tem uma semana de prazo. Ok?

— Ok.

Hércules sentou-se outra vez. Estava mais calmo.

— Assim, tá bem. Eu fui visitar o coitado, enquanto você recebia aquele vigarista. Fiquei numa fossa danada. Eu não devia ter perdido a cabeça... O culpado não era ele. Eu esmaguei a pessoa errada...

Roberto Vilar o interrompeu a tremer:

— Se for preciso, eu providencio, ainda hoje, o depósito...

— Não. Não é preciso. Você tem uma semana. Tão cedo o infeliz não está em condições de aproveitar. Eu até não tinha tocado no assunto, por não haver pressa. Ia deixar para depois. Só antecipei por associação de ideias. Por falar em honestidade...

Pôs-se a rir, dando palmadas na barriga.

Levantou-se.

— Bem. Vou me mandar. Volto a semana que vem.

— O senhor já vai?

— Senhor é a vovozinha — disse Hércules.

— Desculpe, desculpe. Você já vai?

— Algum problema?

— Não. Só queria perguntar uma coisa. Não está zangado comigo, está?

— O que é que você acha? — disse Hércules rindo.

E desapareceu.

Quem ficou meio no ar foi Roberto Vilar. Estava completamente atordoado. Já tinha admitido Hércules na sua vida. Sabia que era o de Nemeia, de Lerna, das estrebarias de Augias. Não tinha dúvida. O que não podia entender era a sua familiaridade com as coisas modernas, com o dólar, principalmente com o português e até com a gíria. Era essa a pergunta que desejava fazer quando o herói se dissolveu. Ficava para outra ocasião. Dentro de uma semana indagaria. Por agora, pensava urgentemente cuidar do problema Broncopoulos. Teria que lançar mão dos dólares que seu espírito de previdência havia acumulado num sólido banco de Zurique.

XXIX

Evocação do passado

Em 24 horas telegramas cifrados haviam dado a volta ao planeta providenciando as transferências de Zurique para a Grécia. Já Atenas confirmara o recebimento e a abertura da conta no inesperado nome registrado no passaporte do infeliz Broncopoulos. Alvarenga nunca soube entender o ódio com que Roberto o encarava nos eventuais encontros de escritório.

— Esse imbecil vai me deixar na miséria! Zeus permita que não haja novas despesas...

Passou a semana em pleno clima da Hélade antiga. Adquiriu a edição de bolso de um tratado sobre mitologia, procurando pôr-se em dia com personagens e aventuras que nunca lhe haviam despertado, antes, o menor interesse. Hércules tinha razão. Seus colegas e parentes eram autênticos marginais, diante dos conceitos morais propagados pelo cristianismo, séculos depois. Casos de polícia, nada mais. Pena que a humanidade não houvesse evoluído moralmente... Continuava a mesma que havia criado, com a poderosa imaginação dos helenos, todos os sacripantas do Olimpo.

Aquelas histórias pareciam-lhe uma complicação de todos os demônios. Confusa e espantosa era a vida de Hércules. Já nascera sob o signo do crime. Juno, esposa e irmã de Zeus...

("Essa, não!")

... ficara furiosa com a traição do marido e, simplesmente, resolvera matar o fruto de seus amores com Alcmena. Apanhou duas serpentes, de boca assustadora, e goela enorme, e colocou-as no berço do recém-nascido, para devorá-lo...

("Caso típico de Penitenciária de Bangu...")

... mas o garoto estava destinado a grandes feitos. Pelas mãozinhas já se conhecia o gigante futuro. Agarrou as serpentes como se fossem brinquedinhos de matéria plástica, e, uma em cada mão, afogou-as.

Roberto Vilar, lendo aquilo, visualizava mentalmente a manchete que o jornal de sua leitura secreta e favorita teria lançado na primeira página, se já existisse na época:

"Criança precoce desfaz plano macabro de madrasta sinistra."

Ou:

"Estranguladas pela criança precoce as cobras da madrasta."

Acompanhou de cabeça quente, sangue fervendo, todas as façanhas do herói. Bastante inquieto... Sentiu-se em parte vingado quando Hércules esteve três anos como escravo da rainha Onfale, castigado por Júpiter por haver morto seu amigo Ífito, num ímpeto de loucura.

("Bem feito! Dessa eu gostei!")

E achou muita graça ao ver que, nesse período, a natureza do façanhudo herói, por castigo também, fora mudada. Tornou-se afeminado, usando às vezes roupas de mulher, enquanto sua pele de leão era usada pela própria rainha.

("Puxa! Aquela Grécia era fogo!")

Roberto ria sozinho, imaginando o destino do valentão que havia sustentado nos ombros todo o peso do céu. Ele o aguentara longo tempo, enquanto Atlas ia buscar os pomos de ouro do jardim das Hespérides. Agora, em companhia das escravas de Onfale, o herói mais forte do mundo se dedicava simplesmente a tecer lã e fazer babadinhos...

Mas a pena terminou. E depois de novas aventuras, Hércules conheceu a rainha Dejanira. Estava machão outra vez. Casaram-se. Três anos de felicidade. Um dia, os dois precisam viajar. Chegam à beira de um rio, onde o centauro Nesso ganhava o seu pão ou o seu capim transportando os viajantes de uma para outra margem.

Hércules confiou a esposa ao centauro para a travessia. Ficou olhando. Mas, já do outro lado, Nesso mostrou que centauro, às vezes, tem espírito de porco. Saiu no galope, com Dejanira no costado. Ia raptá-la. Hércules percebeu, de longe, a vilania. E uma flecha certeira alcançou o coração de Nesso. Ao morrer, Nesso ainda fez uma última trapaça. Fingindo-se amigo e arrependido, disse a Dejanira que recolhesse num vaso uma porção de seu sangue. Devia guardá-lo como prenda encantada para preservar o amor do rude esposo. Dejanira obedeceu, muito feliz.

Tempos depois, Hércules voltava de uma expedição vitoriosa. Trazia uma escrava de grande beleza, Iole, por quem mostrava um interesse suspeito. Dejanira ficou apreensiva e lembrou-se de Nesso.

Quando Hércules planejou apresentar aos deuses o seu sacrifício pela recente vitória, Dejanira, na melhor das intenções, ofereceu-lhe uma túnica para ser usada no ato. Estava embebida no sangue de Nesso, que preservaria a sua felicidade conjugal. Desgraça foi. A túnica estava envenenada. Hércules caiu, contorcendo-se em dores. Quis arrancar a túnica, já colada em seu corpo. Com pedaços de túnica saíam pedaços dilacerados de carne.

Desesperada pelo crime involuntário, Dejanira enforcou-se. Hércules, sabendo-se perdido, resolveu morrer com dignidade no monte Eta...

("Tomara que morra mesmo, Zeus permita!")

Subiu, gemendo, o monte sagrado. Ergueu a própria pira funerária, juntando a madeira e gemendo. Gemendo, mas calmo, desfez-se das armas, deitou-se na pira, cobriu-se com a pele de leão, sua fiel companheira, apoiou a cabeça na clava e, sereno, pediu a seu amigo Filoctetes que ateasse o fogo...

("Dessa vez, ele vai!")

Mas, quando menos se esperava, eis que Júpiter apareceu. Não fora bom pai, mas orgulhava-se dos feitos do filho. E, com grandes gestos e voz comovida, falou aos deuses que o acompanhavam:

— Morre em Hércules apenas o que é mortal, a parte humana, o que recebeu de Alcmena, o corpo. O que há de meu, o que há de divino, vai permanecer imortal. Hércules viverá pelos tempos afora!

Roberto fechou o livro, pensativo:

— É... o azar foi esse!

XXX

Momento de tragédia grega

Roberto colocou sobre a mesa o material: passaporte, cópia de mensagens para Zurique e para a Grécia, o longo telegrama do banco de Atenas confirmando a abertura da conta em nome do inocente gigante que Alvarenga importara.

— Assim ninguém reclama. Hércules não tem o que dizer.

Esperava-o de um momento para outro.

Sabia que não viria pelas vias normais: portaria, corredor, secretária. Irromperia!

Tinha a sensação do estudante que executou a capricho os deveres da escola e espera o "muito bem" da professora. Reexaminava o passaporte, relia os telegramas... Missão cumprida. Tudo na mais perfeita ordem. E, oxalá, satisfeito, Hércules resolvesse voltar, de vez, para o seu confuso mundo nos intermúndios do espaço.

— Esta semana foi horrível. Não produzi nada. Estão pensando que fiquei maluco. Preciso reassumir o comando. Felizmente a imprensa deixou de malhar o meu nome. Para alguma coisa Broncopoulos serviu.

Tornou a folhear o passaporte novinho, perguntando em voz alta:

— Será que Hércules não vem?

— Quem disse que não?

Primeiro veio a voz, depois o corpo.

Hércules, grande e calmo, o saudava:

— Oi!

Roberto sorriu:

— Pensei que não voltasse mais...

— Não devia pensar. Hércules nunca falta com os seus compromissos. E Roberto?

— Nem Roberto...

Orgulhoso, estendeu-lhe os papéis.

— Tudo feito?

— Pode ver. Esta é a confirmação do Banco Nacional de Atenas. Conta aberta em nome de Hércules Kostakis...

O herói soltou um rugido.

— O quê? Em meu nome? E eu alguma vez precisei de dinheiro? Você está maluco, rapaz! E onde é que foi me arranjar sobrenome? Você não sabe que deus, semideus e herói não tem sobrenome? Idiota! Cretino!

— Mas Kostakis é o outro...

Foi como se uma punhalada o atingisse no peito. Comovido, o vencedor de Atlas, de Anteu e de tantos gigantes e dragões murmurou:

— Coitado... Meu xará... O pai do pobrezinho devia ser meu fã, quis me prestar homenagem... Que tragédia espantosa! E fui eu que desgracei o infeliz...

Ergueu as mãos para o alto:

— Oh! Destino! Oh! Forças implacáveis, cegas forças de um Destino cruel! Oh! Parcas fatais!

Viu, nos olhos de Roberto, que estava parecendo ridículo. Acalmou-se.

E baixando a cabeça, os olhos duros, o dedo apontado:

— De quanto foi o depósito?

— Sessenta mil dólares.

— Quanto é isso?

— Uma fortuna! Calculei dez anos. Dez anos são 120 meses. 500 por mês.

— Dá para viver?

— Como um príncipe.

Então mande, hoje mesmo, outros sessenta mil. Quero que o meu xará viva como um rei!

— Mas, Hércules...

— Hoje, tá entendendo? HOJE, tá? — rugiu o herói.

— Tá — murmurou debilmente o não herói.

XXXI

Encontros e desencontros

Hércules esperou, em silêncio, que o seu involuntário companheiro de aventuras tomasse as providências indispensáveis à abertura do novo crédito na conta do seu xará em Atenas.

Dejanira, a secretária, quase desmaiou, quando chamada para tomar um ditado. Levou o maior susto ao ver na sala do chefe aquele gigante seminu, porque a veste leonina só lhe cobria pequena parte do corpo.

Já era tarde para Hércules desaparecer. Se o fizesse, a jovem teria fundido totalmente a cuca. Achou melhor ficar.

— Não está reconhecendo o nosso amigo?

A secretária olhou-o, meio a medo, fazendo um esforço de memória.

Não era má fisionomista.

— Seu Hércules?

E embora não se refizesse do espanto, porque não o vira entrar (teria sido pela porta secreta?), ficou mais tranquila. Sabia agora a quem estavam sendo feitas aquelas mirabolantes remessas de dólar.

"Deve ser algum chantagista", pensou, preparando-se para tomar o ditado.

Agora já não tinha dúvida. Chantagista no duro... Mais 60 mil dólares para Atenas. O forasteiro devia ter Roberto na gaveta, conhecer possíveis maroteiras, e vinha vender caro o seu silêncio. Não era a primeira vez. Mas tanto dinheiro assim nunca ninguém levantara. Aquele devia conhecer algum segredo muito sério. Era uma potência! Olhou-o com disfarçada admiração, e não pôde ficar indiferente à sua poderosa presença. Nunca vira homem tão forte, corpo mais varonil, músculos tão perfeitos.

Rabiscava os seus taquigramas cabalísticos e, sempre que podia, arriscava um olho.

— Grandalhão, mas enxuto...

Hércules, porém, não lhe dava a menor atenção. Limitava-se a acompanhar o ditado com um vago sorriso. Estava assegurando, pelo menos, uma aposentadoria tranquila ao pobre herdeiro do anônimo fã que tivera na Grécia trinta ou quarenta anos antes.

— É só? — perguntou a moça.

— Sim. Providencie tudo. Você conhece o código. Mande pelo telex. Se vier confirmação da transferência ainda hoje, me avise. É tudo.

E já se retirava, quando Roberto a chamou:

— Olhe, Dejanira, escute uma coisa...

Hércules, que se distraía olhando os cachimbos de Roberto, ao ouvir aquele nome, estremeceu. E quase num salto:

— É você?

A menina ficou apavorada, vendo o estranho olhar do gigante.

— Como?

— Você?

— Desculpe, não estou entendendo.

O gigante a examinava, os olhos em fogo.

— Não, não pode ser!

Os dois o olhavam, perplexos. Hércules perguntou:

— Como é seu nome? Não sei se ouvi direito.

A menina gaguejou:

— De... Dejanira.

— De-ja-ni-ra?

Aí Roberto compreendeu e sorriu:

— Pereira, Hércules. Dejanira Pereira. Nascida no Méier.

— No Méier. Um subúrbio do Rio.

Hércules encarou-o de novo.

— Tem certeza?

Dejanira tinha o complexo do Méier.

— Mas moro em Copacabana desde os três anos...

— Seu pai como se chamava?

— Agamenon...

— O quê?

— Agamenon Pereira.

Hércules passou a mão pela testa.

— E sua mãe?

— Alceste.

Hércules estava fora de si.

— Você é filha de Alceste?

— Pereira, Hércules, Pereira... — explicou Roberto.

E compreendendo tudo e sorrindo:

— Pode cuidar dos telegramas. Depois eu chamo.

Hércules também já entendera. E logo que a jovem se retirou:

— Que bobagem a minha... Mas é que eu levei um choque, quando ouvi o nome... E, depois, achei a coincidência muito grande... Sabe que ela tem uns traços?

— De quem?

— Da minha patroa.

— A da túnica de Nesso?

Hércules franziu a testa, surpreso:

— Quem te falou de Nesso?

Roberto fez um ar de superioridade:

— Leituras, meu caro... Eu também tenho os meus livros. O que eu não entendo é como você admitiu, embora por um momento, a ideia de encontrar Dejanira, a sem sobrenome, a sua, aqui na terra. Ela não se enforcou?

— Por isso não, colega. Eu também tinha morrido. E, ou muito nos enganamos, ou estou aqui, não estou?

Roberto respondeu resignado:

— Que o diga o meu dinheirinho da Suíça. Tenho que recomeçar tudo outra vez.

E apoiado na sua recente erudição, embora temeroso de que Hércules percebesse o que lhe passava no íntimo, não pôde evitar um pensamento assassino:

— Filoctetes trabalhou muito mal... Eu dava um jeito melhor naquela pira. Punha fogo no corpo e na alma...

XXXII

Ligeiro intervalo

Alguns dias passaram. De Hércules, nada.

"Será que ele foi baixar noutro terreiro? Tomara que me esqueça. O Canal 27 é grande, mas o mundo é maior. Se ele gosta de briga, podia baixar no Vietnã, no Camboja. Se gosta de canal, por que não baixa no Canal de Suez? Se quer dólar para os desvalidos da Grécia, por que não procura Rockefeller, Rothschild, Wall Street, o Banco de Londres?"

Mas eram tantas as confusões no escritório, principalmente porque se ausentara dele por vários dias, que Roberto mergulhou de novo no trabalho e só uma ou outra vez pensava no herói, que já parecia perder-se nas brumas do passado morto.

Pensava mais no dinheiro perdido que no próprio instrumento de sua perda. No fundo, porém, havia aquele temor ou aquela certeza. Hércules ia voltar. Tinha que voltar. Deixara tudo no ar. Ele não poderia ter aparecido por simples esporte na portaria da emissora. Nem para ter feito aqueles modestos estragos no pobre cangaceiro regenerado ou nos profissionais da luta livre, uma das maiores atrações do Canal 27. Roberto compreendia bem o episódio Broncopoulos, que era um caso à parte. Ciúme de herói. Indignação por ver que alguém lhe usurpara o lugar, caricaturava a sua atuação e ainda se dava ao luxo de vestir uma pele de leão, não de Nemeia, mas de Angola.

Mas a sua presença no Brasil não podia ser simples obra do acaso, ou mera homenagem ao tricampeão mundial de futebol. Aliás, não mostrou interesse por qualquer aspecto da vida brasileira.

O problema era dele — um problema devia ter, com certeza — e o que lhe havia faltado era a capacidade de comunicação.

O melhor, porém, era não pensar. Esquecer, quanto possível. Oh, se pudesse recuperar tudo o que perdera na fabulosa transferência de fundos para a conta de Hércules Kostakis!

XXXIII

Ser ou não ser, eis a questão

Estava esquecendo.

Tinha praticamente esquecido.

Uma noite, após uma alegre ceia numa boate, com estrelas e astros de TV e cinema, pelas três da matina, Roberto chegou a seu bangalô do Jardim Botânico. Morto de cansaço. Esbagaçado.

— Vou pegar um Morfeu até meio-dia...

À porta o mordomo, agitadíssimo, o aguardava.

— Tem um senhor esperando.

— A estas horas?

— Sim.

— Quem é?

— Não disse, foi entrando.

— E você deixou?

— Eu estava desarmado.

Roberto empalideceu.

— Só pode ser ele.

Procurou dominar-se.

— Prepare um uísque. Dois...

Entrou na sala.

Ainda bem que o encontrava em trajes civis. Seria muito desagradável se aparecesse, àquelas horas, na sua pele favorita. Que é que iria pensar o mordomo?

— Olá!

— Oi!

Sentou-se com a possível calma.

— Qual é o babado?

— O quê? — perguntou Hércules.

— Qual é o problema?

— Você tem tempo?

— Tempo tenho. Mas estou morto de cansaço. Não leve a mal a franqueza.

— Tome uma bolinha.

Uma das coisas que mais intrigavam Roberto, desde os primeiros contatos, era aquela intimidade do herói com a sua língua e as palavras de gíria. Por isso falou em babado. Maneira de se afirmar, de parecer natural. E teste para medir o gigante. Espicaçado pela curiosidade, perguntou:

— Qual era a linguagem do seu tempo?

— A dos heróis. A de Homero, da *Ilíada*, de Aristóteles, de Sófocles. Conhece?

— A língua não. Grego, não era?

— E os nomes?

— Com sobrenome conheço. Homero Sena, Hesíodo de Abreu, Aristóteles Pereira da Silva, Sófocles Rodrigues... É o nosso melhor redator de novelas...

O mordomo chegava com a garrafa de uísque.

— Vai um uisquezinho?

— Não adianta. Não sinto o gosto...

— Mas esse é do bom!

— Pode até não ser nacional...

— É *scotch* puríssimo!

— Pra mim dá na mesma. Em primeiro lugar, quem bebeu na companhia de Baco o vinho sublime daqueles tempos não vai achar graça em bebida comercial... E depois, meu amigo, eu sou de outra "substância"...

Não era um bom assunto para se ventilar, no silêncio da madrugada, a sós com o mistério, por mais que Roberto se estivesse aclimatando. Preferiu tratar de outro ponto.

— Mas se a sua língua era o grego...

— Aprendi, com os romanos, o latim...

— Com declinação e tudo? *Dominus, domini, dominus tecum*... Latim é uma desgraça! Mas se você falava apenas o latim e o grego, como é que se arruma em português? Essa coisa sempre me intrigou... Por causa disso cheguei a duvidar...

— De que eu fosse... eu?

— Exato.

— Besteira, meu filho. Se você admite que eu não sou um ser como os outros, e você já tem provas disso, pode admitir também que eu tenha poderes para aprender a sua língua. Correto?

— E foi fácil?

— Confesso que não. No começo eu comi fogo! Mas Zeus me ajudou.

— Ele também "ainda" existe?

Hércules calou-se, o pensamento errante numa grande dúvida interior, inconfessada.

— Mitologia também é fogo, é ou não é? — disse Roberto, procurando sorrir.

XXXIV

Hércules se explica

Roberto procurava delibar o seu uísque, em silêncio. Caladão estava Hércules, pensando. Súbito, fez um gesto.

— Deixe eu provar...

O outro apressou-se em encher-lhe o copo.

— Com gelo?

— Melhora?

— Questão de gosto.

— Bote gelo.

Hércules levou aos lábios o copo de cristal, gelo bailando no meio. Tomou uma golada forte, a boca cheia, ficou mastigando o líquido, numa tentativa de sentir-lhe o gosto.

— Que tal?

— Feito com quê? Palha?

— Você está querendo esnobar. Nem a rainha da Inglaterra toma esse uísque. É o fino! E caríssimo.

Hércules devolveu-lhe o copo.

— É... Talvez a culpa seja minha... Deve ser. Essa é uma das muitas chateações da eternidade. A imortalidade, pelo menos para nós, que nascemos no Olimpo, é um verdadeiro sofrimento.

— Não leve a mal a pergunta... Você onde é que se encontra: no céu ou no inferno?

— Nós, sinceramente, não temos pretensão nenhuma ao céu. Eu fui o primeiro a dizer. Éramos uns desclassificados. Vocês não são melhores, é claro. O que eu tenho visto aqui por baixo é uma vergonha.

Mas vocês ainda têm tempo de se arrepender e cavar um lugarzinho no céu. Nós não tivemos.

— Quer dizer que vocês...

Roberto não o quis ofender. Não terminou a frase. Mas Hércules, como sempre, penetrou-lhe o pensamento.

— Antes fosse. No inferno, pelo menos, a gente estava lutando contra o fogo, enfrentando demônios, sabe como é, enchendo o tempo... Você pode ter ideia de castigo maior do que o nosso? Não temos nada. Nem céu nem inferno. Nada! Sem fazer nada! Sem ter o que fazer! Ociosidade total, através de séculos!

— Mas isso é maravilhoso! Vocês têm fome?

— Claro que não.

— Têm sede?

— Nem de uísque.

— Precisam de roupa? Precisam de casa? Precisam de automóvel?

— Precisar, que é o bom, não precisamos de nada. O espaço está cheio de deuses desempregados, sem trabalho e sem necessidades. Sabe lá o que é isso? O tédio absoluto! Um aborrecimento sem fim! A suprema chateação! A admiração que nós temos por gente, como você, com ambição, com vaidade, com fome, com raiva, com inveja — como nós tivemos, é claro — é o que pode haver de infinito! Como deve ser bom ser homem! Vocês vivem se torturando, se angustiando, sofrendo, fazendo sujeiras...

— Vocês faziam também...

— Eu não estou criticando. Estou constatando... Tudo isso é fabuloso. Esse é que devia ser o verdadeiro dom dos deuses. E vocês não estão condenados, como nós, à ociosidade futura, ao nada. Há uma esperança de céu, há uma esperança de inferno. Que fazer, tá bem? Como encher o tempo... Mas ter sido deus ou divindade, ter sido adorado ou louvado, temido ou amaldiçoado, recebido sacrifícios e preces, mesmo sem ter condições de atender, e ser jogado na eternidade do esquecimento como simples nomes ou palavras ou números, é de morte, meu caro. É de amargar!

Parou, provou o uísque outra vez, de novo não achou nele gosto algum.

— Nossa imortalidade é isso. É como se não existíssemos. É como se nada existisse.

Roberto ficou atordoado.

— E será que nós existimos?

— Você pensa?

— Claro!

— Se pensa, existe!

— Mas você também não pensa? — perguntou Roberto.

— Eu sei que existo — disse Hércules. — Apenas existo como se não existisse. Vivo como se não vivesse. Como éramos deuses falsos, fomos condenados a ser apenas palavras e fatos na memória dos homens, tá me entendendo?

— Não.

— Nem eu. Mas o fato é esse.

Tornou a provar o uísque.

— É *scotch*, você disse?

— Do melhor.

— Você tem nacional?

— Tenho. Mas é muito ruim.

— Então me arranje. Do bom eu não sinto o gosto. Talvez eu sinta do ruim...

Roberto apertou um botão.

O mordomo, solícito, apareceu, de olhos sonolentos.

— Há uísque nacional na casa?

— Há, doutor.

— Então traga.

— Esse é nacional. Eu apenas passei para a garrafa do *scotch*. O senhor não mandou, outro dia?

Hércules sorriu, com infinita tristeza.

XXXV

A missão de Hércules

Roberto sentiu que estavam chegando no ponto. Não sabia qual. Mas desta vez conheceria o que Hércules desejava e qual a razão de suas incursões contra o Canal 27, que tanta dor de cabeça (oh, o seu rico dinheirinho!) lhe haviam causado.

A inesperada revelação do mordomo deixara-o desapontado, mas o fato não parecia impressionar o seu noturno visitante.

Ele, evidentemente, tinha problemas maiores. Reapanhou o copo de uísque e emborcou-o, goela abaixo, de um só gole.

— Que tal?

— O quê?

— O uísque.

Hércules olhou, surpreso, o copo vazio.

— Ué! Nem tinha notado!

Ergueu de novo o copo, olhou-o, sério.

— É exatamente como nós na memória dos homens. Nós desaparecemos sem que os homens sentissem.

E afinal conseguindo exprimir o que pretendia:

— Ouça, Roberto. A coisa é esta. Nos primeiros tempos, quando começou o abandono, tudo ia correndo mais ou menos. A gente nem notava. Os sacrifícios, os templos, tudo foi passando. Mas sempre falavam em nós, contavam as nossas aventuras, cantavam as nossas glórias... Escreviam-se poemas a nosso respeito. Eu já falei nessa coisa. Dramas. Tragédias. Romances. Tínhamos uma sobrevivência de ficção. Se não fazíamos coisa alguma, já tínhamos feito. E os homens recordavam nossos feitos! A gente continuava nessa base. Você não notou que há ladrões e marginais que recortam, na imprensa, o noticiário de seus crimes?

— Como é que você sabe, Hércules?

— Acabei de ler no seu pensamento. Pois bem... Nós acompanhávamos o nosso "noticiário", quase todo em verso. Tivemos grandes cantores. Há poemas épicos falando a nosso respeito. E depois de termos passado, depois que outros deuses tomaram conta do mundo, ou do céu, ainda assim, nós sobrevivíamos. Os poetas acreditavam em nós. Foram os últimos que acreditaram em nós, embora de maneira confusa. Você conhece Camões?

— O de um olho só?

— Um gênio, tá bem? Um gênio!

— Sim, mas não vai me dizer que ele não era cego de um olho...

— Você leu *Os Lusíadas*?

— Claro. Analisei no ginásio.

— Reparou como todo o poema é na base do Olimpo? É Vênus, é Baco, é Mercúrio, é Júpiter, é toda a nossa turma comandando o poema, dirigindo os lusitanos. É verdade que ele nos trata naquela base... Todos marginais e vencidos. Só dá uma colher de chá para as nossas damas: Vênus, Afrodite... Mas nos reconhece, entendeu? Fala na gente. Acredita na gente. E em que versos, meu filho! Versos maravilhosos!

— Como você sabe essas coisas, eu não consigo entender! — disse Roberto.

Hércules, muito grave, continuou:

— Meu filho, não é de hoje que eu baixo, tá bem? Não pense que sou descoberta do Canal 27...

E explicando melhor:

— É a consequência fatal do nosso abandono, o resultado de tanto desemprego no espaço! A gente anda por esses mundos catando migalhas de sobrevivência na memória dos homens. Que são cada vez mais raras. Eu, então, sou uma tristeza. Falam no meu nome, às vezes.

Adotam meu nome. Mas virei história infantil, tá me entendendo? E criança moderna já não dá a menor pelota. Qualquer super-homem de história em quadrinhos, qualquer capitão não-sei-o-quê de programa de auditório me deixa no chinelo... Tá sentindo o drama?

Roberto serviu-se de outra dose.

— Sim. Daí?

— Por isso é que eu ando, há tanto tempo, querendo entrar em entendimento com o Canal 27. Ou melhor, com a TV-Olimpo... Percebeu? Tenho a impressão de que, ajudado por uma estação poderosa como a sua que, entre outras coisas, prestigia a força... (tenho observado os seus programas, inclusive o telequetche), ainda posso recuperar o meu prestígio e encher o meu tempo, no vazio da imortalidade.

— Mas ajudar como?

— Isso é o que vamos estudar. Pode ser?

XXXVI

Um lugar para Hércules

Duplo era o seu objetivo. Recuperar o cartaz, ou a imagem perdida, voltar à memória dos homens, e encher o seu tempo.

— Bem pensado, o cartaz não tem muita importância. De publicidade até os deuses gostam, é claro. Mas cartaz entre os homens é coisa muito relativa. Popularidade quase sempre é falta de gabarito, verdade? Seus artistas mais populares nunca são os maiores. Seus programas de maior sucesso são sempre os de mais baixa qualidade. Estou certo?

— Não vou dizer isso lá fora, não vou ofender o meu público. Mas você tem razão. É uma vergonha.

— Pois é. De modo que não é propriamente pelo cartaz, pelo prestígio, pela reconquista do nome. Não pretendo disputar a preferência ao Super-Homem e outros mitos modernos. No duro, no duro, o que eu quero é fugir à ociosidade. Quero...

Parou, escolhendo a palavra, tentando explicar-se.

— Sabe de uma coisa? Estou procurando emprego, tá bem?

Por aquela não esperava Roberto. Mas pensou que era pilhéria. E como pilhéria a tratou.

— Não me diga, Hércules! Será possível? Então você quer trabalhar no Canal 27? Ah! Ia ser formidável, já pensou? Eu botava você no Telequetche e o programa, que anda muito por baixo, ia subir 200 pontos! Desde que Égua Maluca foi para o hospital...

— Como vai ele?

— Melhorando. Dentro de dois meses volta ao ringue.

— Zeus permita.

— Amém. Tá fazendo muita falta. Era o Flamengo na luta livre. Nunca vi tanto fã.

E rindo:

— Mas se fosse possível, você é que ia abafar! Lutava contra dez de uma vez, batia todos...

Sério, Hércules o interrompeu:

— Eu não sou covarde, Roberto. Não iria lutar em desigualdade de condições. Podia matar todos eles.

— Que é isso, meu caro? Bobagem! Telequetche é marmelada como tudo quanto é programa de televisão. Tudo combinado antes. O auditório acredita de bobo. A luta é fingida, os tombos são estudados. Eles fazem curso de tombo, de aprender a cair.

— E você acha que eu vou descer do Olimpo para entrar numa palhaçada?

— Isso é que é pena. Você, eu já vi que ia ser uma parada!

E, com a imaginação solta pelo uísque, Roberto continuou:

— Mas o melhor, mesmo, era, no fim da luta transmitida para milhões, depois de jogar dez campeões desacordados (de brincadeira, é claro, mas com tombos espetaculares), o melhor seria você desaparecer depois de o juiz levantar o seu braço como vencedor. Já pensou? A gente batizava você em espanhol: "El peleador misterioso..." Os telespectadores de casa iam pensar que era corte, truque. Mas 3 mil espectadores no auditório (a gente triplicava o preço de entrada) podiam confirmar que você desaparecera no duro, desaparecera *mesmo*...

Encheu o copo de novo.

— Você topava?

Hércules estava de cara amarrada.

Roberto ria com gosto.

— Você ia ser a grande atração do Canal!

Quando deu por si estava sozinho na sala. Ficou meio desorientado, pegou a garrafa — estava quase no fim — correu as mãos testa acima, procurando ordenar as ideias. Olhou melhor a garrafa, o copo, apertou o botão.

— Chamou, doutor Roberto?

— Escute, José. Quando você me trouxe esta garrafa, ela estava pela metade ou estava cheia?

— Cheia, doutor. Eu abri na hora...

XXXVII

A última tentativa

Roberto acordou tarde, com gosto de saca-rolhas na boca. O mordomo dera-se ao luxo de desligar o telefone, depois de quatro ou cinco chamadas. O patrão precisava descansar, andava tresnoitado.

Fez a barba, tomou uma chuveirada, desceu.

Sentado no *hall*, Hércules meditava.

— Ué!

— Esperando você — disse Hércules.

De manhã só tomava um cafezinho. O mordomo trouxe a xícara, numa bandeja de prata.

— É servido?

— Já tomei. Seu amigo insistiu...

Hércules sorria.

— E então? — perguntou Roberto muito calmo, deixando a xícara sobre um móvel.

— Vamos conversar aqui ou na outra sala?

— É que... eu já estou atrasado.

— Mas vamos continuar a conversa.

— Quer dizer que...

— Houve. Estive aqui. Estivemos juntos. Apenas eu notei que você já estava muito na base de Baco e perdi a paciência. Não dava pé! Vamos....

E Hércules passou para a sala onde haviam conversado horas antes, seguido pelo intranquilo diretor do Canal 27.

— Café não "sobe", certo?

— Ora que ideia!

— Porque eu tenho de resolver o meu problema. Já perdi muito tempo. É verdade que tempo não me falta, infelizmente. Encher o tempo é que são elas! É tudo o que eu pretendo. Mas ontem você não estava em condições. Tinha bebido muito antes. Continuou bebendo. Começou a dizer disparates.

— Disse o quê?

— Você me fez uma proposta indecente.

— Eu?

— Você.

Aos poucos Roberto foi reconstituindo a conversa anterior.

— Desculpe. Sabe que eu estava certo de que tinha sonhado? Eu convidei você para o Telequetche, foi isso?

— Com desaparecimento no fim da luta, para maior sensação... Fundindo a cuca do mundo...

— Por favor... Me desculpe... A gente, quando bebe, dá vexame...

— Já notei. Baco, que era de outro pano, também envergonhava os poetas... Sem falar nos deuses...

Roberto, inconscientemente, apertou o botão. O mordomo apareceu.

— Me traz um uísque.

— Nada disso, meu filho — disse Hércules, com visível espanto do mordomo. — Só cafezinho.

— Então traz outro — disse Roberto humildemente.

Veio o café, o diálogo recomeçou.

— Você vai me ajudar ou não?

— Em quê, meu caro?

— Será que você esqueceu tudo o que eu disse?

— Bem... Estou procurando reconstituir... Você queria... Você estava procurando emprego, é isso?

Hércules expôs, mais uma vez, o que desejava. Pretendia usar o Canal 27 para se tornar presente no mundo moderno. Queria atingir o grande público. Viver novamente na memória dos homens. Estava convencido de que só a televisão faria esse milagre. Comunicação de massas. Quem não se comunica é um prisioneiro de si mesmo.

— Um pensador de vocês, provavelmente o maior que o seu povo já produziu, afirmou: "Quem não se comunica se trumbica..." Estou de inteiro acordo. A falta de comunicação é o esquecimento e o esquecimento é a morte. E isso é horrível, principalmente para alguém como eu. Se ninguém se lembrar de mim, como é que posso viver?

— Desculpe... Não estou entendendo muito. Qual é a sua ideia?

— Você me arranjava um programa...

— Uma vez só?

— Não. Uma série.

— Mas... mas fazendo o quê?

— Ué! Para reconstituir os meus feitos... as minhas façanhas... Assim todo mundo ficava conhecendo outra vez quem fui eu...

Roberto coçou a cabeça.

— Olhe, Hércules, você precisa compreender... Não vá se ofender... Sempre achei você formidável... Mas... mas o mundo mudou. A mentalidade é outra. Criança de hoje não acredita em lorota...

— O quê?

— Em lenda...

— Mas qualquer lenda é mais real do que história em quadrinhos... E em Super-Homem, Mandrake e todos esses cretinos, toda criança acredita.

— Por que é que você não entra numa história em quadrinhos?

— Com que roupa?

— Pele de leão, ora essa!

— Mas a resposta ao meu problema não é essa. Reconheço que nunca fui herói infantil... Sou herói de gente grande. Tem direito pelo menos a gente grande quem foi herói entre os deuses.

Roberto estava inteiramente desarvorado. Não sabia como descalçar a bota. Não devia ofender o seu hóspede (as experiências tinham sido más), mas também não podia comprometer o Ibope da estação.

Brigara muito para conseguir a liderança do mercado e qualquer passo em falso custaria fortunas. O inimigo não dormia de touca.

Cheio de dedos ("posso tomar um uisquezinho, só um?"), tentou argumentar:

— Ouça, meu amigo. Não estou querendo subestimar a sua pessoa. Reconheço o seu valor, o dos seus colegas. Isso de ter passado o seu tempo, acontece. Não desmoraliza ninguém. A história é implacável. Hoje ninguém viaja mais de caravela, como Pedro Álvares Cabral, como os lusíadas... Li outro dia que no tempo de Napoleão, conhece?

— Ouvi falar.

— Li que no tempo de Napoleão um soldado dava só três tiros por minuto, já pensou? Hoje uma bomba, num segundo, mata mais gente do que todo o exército de Napoleão em dez batalhas...

— E daí?

— Os tempos são outros, entendeu? O que interessava no seu tempo, hoje não funciona... não impressiona mais, tá bem? O homem já vai à Lua. Já foi e já voltou. Daqui a pouco tempo está em outros planetas... Vai a Marte...

— Era o deus da guerra!

— Hoje é apenas um planeta, sem desfazer... Não demora muito, o homem chega aos outros: Júpiter, Saturno, Netuno, Vênus...

— Tudo gente nossa. Há algum com o meu nome?

— Que eu saiba, não. Mas há um com o nome de Mercúrio.

— Taí... Sujeira... Ladrão desde o berço. Um sujeito desses, botam o nome num planeta. O meu é, quando muito, marca de motor. Já vi um com o meu nome. Por sinal que muito ordinário. Isso é que eu quero acabar. Por isso é que eu preciso de programa, revivendo tudo...

Roberto olhou o relógio. Estava atrasadíssimo. Já perdera duas entrevistas.

— Mas... mas o problema é o telespectador. Ele só está interessado em novela, em futebol, em programa de calouros, em desembarque na Lua... Coisa atual. Imediata. Palpitante.

— E você acha que recapitular os meus doze trabalhos, por exemplo, não ia interessar? O povo gosta de luta, de briga, de bravura...

Sem querer, Hércules reduzira a pó todos os cachimbos do amigo. Roberto viu aquilo e achou melhor não facilitar. Preferiu mostrar a impossibilidade técnica.

— Mas como é que vamos reproduzir os episódios? Você vai orientar, não é? Mas não temos artista capaz de representar o seu papel...

— Por isso não. Posso representar em pessoa...

— O quê?

— Represento eu.

— Pessoalmente?

— Exato.

Aí Roberto farejou o negócio, um grande negócio.

— Deixe ver se eu entendi direitinho. Não quero entrar numa fria. Você pode representar, no duro?

— Já falei.

— Palavra?

— De Hércules.

Havia um "mas".

— E se você não der reprodução?

— Como assim?

— Você é de outra "substância". Talvez não saia no vídeo. Não sei se você é fotografável...

— Deixe por minha conta. Se fracassar, não vou insistir, caio fora.

A proposta era tentadora. Agora quem ia lutar pela sua execução era o próprio Roberto.

— Já pensou, meu chapa? Já imaginou o carnaval que nós vamos fazer? Vai ser uma bomba!

E tentando imitar a voz e a ênfase do seu melhor locutor comercial.

— Hércules *ao vivo*! Mais um furo do Canal 27! Hércules *ao vivo*! Mais uma transcendente realização cultural da TV-Olimpo! *Hércules... ao... vivo!* Um programa para as multidões de todos os séculos!

XXXVIII

Plano geral do programma

Mandou avisar o escritório. Que não o esperassem. Que cancelassem todas as entrevistas. Não estava para ninguém. Precisava resolver um problema da maior importância.

— Nem a rainha da Inglaterra, entenderam?

Levou Hércules para a biblioteca. Duas estantes de obras completas, magnificamente encadernadas...

— É capaz de haver alguma coisa a seu respeito nesse treco todo — disse Roberto, vendo a curiosidade com que o gigante examinava as prateleiras. — Quem escolheu os livros foi a Dejanira. Ela mora no assunto. E sempre compra por um preço melhor: eu pago na ficha...

Ajeitou a cadeira junto à mesa grande.

— Pegue uma cadeira, Hércules. Vamos bolar o programa. Você tem alguma ideia?

Sentindo-se pequenino diante das montanhas de saber que subiam pelas paredes, Hércules murmurou, humildemente:

— Acho que a gente podia fazer, pra começar, uma série de doze...

— Com os "trabalhos"?

— Sim.

— É... O locutor fazia uma introdução, resumindo a sua biografia, a gente reproduzia alguns quadros famosos, encomendava uma boa trilha musical, depois o Luís Jabotá anunciava: "Hércules ao vivo! A grande atração surpresa do Canal 27! O mais misterioso e inexplicável lançamento da televisão em todos os tempos!" E aí começava o negócio...

Fino papel de linho esperava suas anotações.

— Mas me conta primeiro, Hércules. Não vou escrever. Depois a gente chama um redator. Tenho um cara ótimo! Quero só anotar os episódios principais. Me conta... O do leão eu já sei... Os outros são bons?

Hércules, já mais à vontade, começou a falar:

— Bem. A minha família você já conhece. Tive uma educação razoável. Não havia livros tão bonitos como agora, mas havia sábios. Fui discípulo de Quíron, já ouviu falar?

— Bulufas!

— Era um centauro...

— Corpo de cavalo e cabeça de gente?

— Isso.

— Genial! — explicou Roberto. — Já pensou? Botar um centauro no vídeo vai ser um estouro! Me dá uma ideia geral. Conta os trabalhos. Já conheço dois ou três.

Hércules pôs-se a enumerar, friamente, depois foi-se entusiasmando, ao calor das recordações. Havia começado por estrangular o leão que assolava o vale de Nemeia. Fora a primeira exigência do rei Euristeu, ao qual se oferecera para expiar um crime hediondo...

— Qual?

— Foi uma coisa horrível. Eu vivia em Tebas casado com Mégara. Nossa vida era difícil. Brigávamos muito. E Juno, ou Hera, mulher de meu pai, a mesma que me botou aquelas cobras no berço, virou a minha cabeça, me deixou meio louco, e me fez matar a coitada...

— Bem, isso a gente não põe no programa. Fica chato. Herói não começa matando a mulher. Não fica bem. Mesmo porque morte é no fim, com muito suspense. Mas vamos lá.

— A hidra de Lerna...

— Essa eu conheço. Mas era coisa de impressionar?

— Só dou uma dica: o monstro tinha nove cabeças...

— O quê?

— Nove. Oito, mortais. Uma, imortal. E tinha uma coisa pior: você cortava uma cabeça, nasciam duas no mesmo pescoço.

— Isso aconteceu com você?

— Claro. Cortava uma, duas surgiam. Havia tanta cabeça de hidra, que parecia um comício... E todas me querendo devorar, como haviam devorado tantos outros. Eu mandava a espada, a cabeça pulava, cortava as duas outras e tinha que estar de olho, porque havia pescoço de hidra de todos os lados, com cabeça na ponta e boca escancarada, bufando com ódio.

— Deve ter sido uma parada!

— Foi. Havia ocasiões em que eu via, não a cabeça da hidra, mas de Mégara, querendo vingar-se. E olhe que, se não fosse a minha rapidez, o meu instinto de defesa e a ajuda de um amigo meu, Iolau, que veio em meu socorro e queimava na hora o pescoço cortado, antes de brotarem as novas cabeças, eu não estava aqui para contar coisas na televisão.

— Esse é bom. Difícil vai ser encenar. Mas isso é problema para mais tarde. E depois?

— Bem, tive que caçar a corça Cerimeia, de pés de bronze, que me deu um trabalho danado.

— Esse é fraco.

— Parece. Depois eu conto os detalhes. Teve o javali de Erimanto. Quase me liquidou. Aí Euristeu me mandou à Élida, para servir o rei Augias, que foi um dos Argonautas. Augias me humilhou. Tinha que limpar-lhe as estrebarias, onde havia 3 mil bois. Já pensou? Precisei mudar o curso de um rio, o Alfeu, para lavar trinta anos de sujeira acumulada.

Roberto estava um pouco frio. Não via muita possibilidade para o episódio na televisão, mas nada disse.

— E depois?

— Bem... Livrei o Estínfalo das aves de rapina que o devastavam. Foi preciso utilizar flechas envenenadas. Depois acabei com o touro de Creta e os cavalos selvagens de Diomedes, que eram alimentados com carne humana. Quase virei comida de cavalo...

— Mas dá programa?

— Evidente, Roberto. Eu mostro depois. E há um trabalho que é uma beleza, o das amazonas. Euristeu exigiu que eu fosse arrancar o cinturão de Hipólita, rainha das amazonas, mulheres guerreiras de um país onde os meninos eram mortos no berço...

— Como você quase foi...

— Isso mesmo... Eu estive lá, conversei com a rainha. Ela foi muito legal. Concordou em me ceder o cinto. Mas Juno, que tomara assinatura contra mim, convenceu as guerreiras de que eu pretendia sequestrar a rainha e elas vieram contra mim. Não entendi bem a coisa. Pensei que era traição de Hipólita e me vinguei. Uns dizem que eu matei a rainha. É calúnia. Obriguei-a apenas a casar-se com o meu amigo Teseu.

"Isso não dá programa", pensou Roberto desanimado.

— Dá — disse Hércules, lendo-lhe o pensamento. — Muito melhor do que essas telenovelas.

— Bem, eu sei que é cultural — disse Roberto. — Mas o telespectador não quer cultura, quer sensação.

— É que eu não estou entrando em detalhes, já disse. Apenas enumerando. No caso de Augias, por exemplo, há muita coisa. Surpresas, traição, deslealdade do rei com seu filho Fileu, exílio do filho, morte do rei sem palavra, e coroação do bom filho como rei da Élida. No meu décimo trabalho, por exemplo, enfrentei o mais forte dos homens, Gérion, filho de Crisaor e de Calírroe. Você precisava ver que osso duro de roer! Basta dizer que ele tinha três corpos...

— O quê?

— E era guardado por um cão de duas cabeças e um dragão...

— Com quantas?

— Sete.

— Conta de mentiroso, desculpe...

Hércules se irritou:

— Mas a coisa mais comum na Antiguidade era bicho de sete cabeças!

— Vá lá, vá lá! Não fique zangado. É brincadeira minha...

O herói lembrou, rapidamente, que, para chegar à ilha de Erétia, onde vivia Gérion, teve que partir ao meio uma montanha, formando o Estreito de Gibraltar. Durante muitos séculos as escarpas marginais foram conhecidas como Colunas de Hércules.

— E houve o caso das maçãs de ouro, do Jardim das Hespérides, que eu arrebatei com o auxílio de Atlas (aguentei todo o peso do céu sobre os ombros) e a incursão aos infernos, onde me apoderei de Cérbero e libertei Teseu.

Hércules silenciou. Roberto estava calado também.

— Só? — perguntou afinal.

— Esses são os "trabalhos", tarefas que eu recebi de Euristeu. Mas tive milhares de outros. Quer ouvir?

— Hoje não. O pessoal está me esperando. Depois a gente examina. Talvez fosse melhor fazer uma condensação, selecionar as façanhas, não acha?

— Pode ser — disse Hércules. — Tenho coisas maravilhosas. Você nem faz ideia. Os trabalhos de Euristeu são os mais famosos, mas não são os maiores.

— É... A gente precisa estudar tudo dentro do ângulo da televisão, você não concorda? Às vezes um episódio é muito bom, mas não funciona. E talvez a gente pudesse mudar um pouquinho os fatos, para maior efeito.

— Como assim? — perguntou Hércules, quase num salto.

— Adaptando às necessidades do vídeo, meu querido. Eu pensei até em você fazer um 13º trabalho, inédito, exclusivo para o Canal 27... Meus novelistas podem dar uma ajuda excelente...

Hércules encarou-o, sério.

Roberto continuava na maior inocência:

— Só quero um pouco de tempo. Isso não é sangria desatada, certo? Vou estudar a coisa calmamente. Vamos conseguir um patrocinador, isso é indispensável. E, aliás, vai ser fácil. Posso até arranjar um *pool* de patrocinadores. Pega-se uma companhia de petróleo (elas estão loucas por ideias novas), arranja-se um bom fabricante de cigarros, uma fábrica de colchão de molas ou uma cadeia de eletrodomésticos...

Entusiasmou-se outra vez, vendo que havia possibilidades ilimitadas no negócio.

— Olhe, Hércules, isto pode ser uma mina de ouro! Podemos faturar bilhões! Principalmente se você estiver disposto a colaborar. Veja bem o golpe... Mando os meus melhores corretores aos grandes clientes. Só aos grandes. Você vai junto, "ao vivo", para eles verem que vai ser de verdade. Você não precisa dizer nada. Basta dar um soco na mesa, se eles disserem que não têm verba... Ninguém vai ser idiota! Com você presente, eu vendo qualquer programa, por qualquer preço, a qualquer companhia!

E num ímpeto de honestidade:

— Ganha a estação, ganho eu, pode ganhar até você, por que não? Sim, você se enche da grana, meu filho! Se você acompanhar os corretores, eu lhe dou 30%, livres de qualquer despesa. E eu vou triplicar a tabela, é claro...

Mas já estava falando sozinho.

Hércules desaparecera outra vez.

XXXIX

Cai o pano

Quando se aproximou da emissora, Roberto compreendeu tudo. Um furacão passara.

Violento. Brutal. Arrasador.

A TV-Olimpo era um montão de ruínas, espanto das gentes, escarmento dos povos.

O 13º trabalho de Hércules tinha sido, realmente, exclusivo para o Canal 27. Nas vizinhanças, nenhum prédio, nenhuma árvore, homem nenhum fora atingido pelo furacão.

Orígenes Lessa

Espaço Cultural "Cidade do Livro", Lençóis Paulista

Orígenes Lessa (1903-1986) foi um trabalhador incansável. Publicou, nos seus 83 anos de vida, cerca de setenta livros, entre romances, contos, ensaios, infantojuvenis e outros gêneros. Como seu primeiro livro saiu quando ele contava a idade de 26 anos, significa que escreveu ininterruptamente por 57 anos e publicou, em média, mais de um livro por ano. Esse labor intenso se explica, em grande parte, por sua formação familiar, recebida na infância e juventude.

Nasceu em Lençóis Paulista, filho de Henriqueta Pinheiro e de Vicente Themudo Lessa. O pai, pastor da Igreja Presbiteriana Independente, foi um intelectual, autor de um livro sobre a colonização holandesa no Brasil, uma biografia de Lutero e outras obras historiográficas. Alfabetizou o filho e o iniciou em história, geografia e aritmética aos 5 anos de idade, já em São Luís (MA), para onde a família se mudou em 1907.

Além das funções clericais, o pai é professor de grego no Liceu Maranhense. O pequeno Orígenes, que o assistia na correção das provas, escreveu em 1911 o seu primeiro texto, *A bola*, de cinquenta palavras, em caracteres gregos. A família volta para São Paulo, capital, em 1912, sem a mãe, que falecera em 1910. A morte da mãe marcou profundamente sua infância e será lembrada numa das passagens mais comoventes de *Rua do Sol*, romance-memória em que conta o período da vida da família em São Luís.

Sua formação em escola regular se dá de 1912 a 1914, como interno do Colégio Evangélico, e de 1914 a 1917, como aluno do Ginásio do Estado, quando estreia em jornais escolares (*O Estudante*, *A Lança* e *O Beija--Flor*) e interrompe os estudos por motivo de saúde. Estudou, ainda, no Seminário Teológico da Igreja Presbiteriana Independente, em São Paulo, entre 1923 e 1924, abandonando o curso ao fim de uma crise religiosa.

Rompido com a família, se muda ainda em 1924 para o Rio de Janeiro, onde passa dificuldades, dorme na rua por algum tempo, tenta sobreviver como pode. Matricula-se, em 1926, num Curso de Educação Física da Associação Cristã de Moços (ACM), tornando-se depois instrutor do curso. Deixa a ACM em 1928, não antes de iniciar curso de teatro na Escola Dramática, experiência que vai influir grandemente na sua maneira de escrever valorizando as possibilidades do diálogo, tornando a narrativa extremamente cênica, de fácil adaptação para o teatro, a radionovela, o cinema.

Volta para São Paulo ainda em 1928, empregando-se como tradutor de inglês na Seção de Propaganda da General Motors. Publica, no ano seguinte, seu primeiro livro, *O escritor proibido*, em que reuniu os contos escritos no Rio. O livro, recebido com louvor por críticos exigentes, como João Ribeiro, Sud Menucci e Medeiros e Albuquerque, lhe abre o caminho de quase seis decênios de labor incessante na literatura, no jornalismo, na publicidade, no teatro.

Transfere-se, em 1942, para Nova York, indo trabalhar na Divisão de Rádio do Coordinator of Inter-American Affairs. De volta, em 1943, fixa residência no Rio de Janeiro, ingressando na J. Walter Thompson como redator. No ano seguinte é eleito para o Conselho da Associação Brasileira de Imprensa (ABI), onde permanece por mais de dez anos. Publica *OK, América*, reunião de entrevistas com personalidades, feitas como correspondente do Coordinator of Inter-American Affairs, entre as quais uma com Charles Chaplin. Seu romance *O feijão e o sonho* e o conto *Balbino, homem do mar* são adaptados, respectivamente, para a teledramaturgia e o cinema, enquanto continua publicando contos, romances, séries de reportagens e produzindo peças para o Grande Teatro Tupi.

Em 1968 publica *A noite sem homem* e *Nove mulheres*, livros que marcam uma inflexão em sua carreira. Depois deles, passa a se dedicar mais à literatura infantojuvenil, publicando seus mais celebrados títulos no gênero, como *Memórias de um cabo de vassoura*, *Confissões de um vira-lata*, *A escada de nuvens*, *Os homens de cavanhaque de fogo*, *A pedra no sapato do herói* e dezenas de outros, chegando a cerca de quarenta obras, incluindo *Dom Quixote*, *Memórias de Pickwick*, *Aventuras do Barão de Münchhausen* e *A cabeça de Medusa*, entre vários títulos de clássicos universais e de histórias inesquecíveis, traduzidos e adaptados para crianças e jovens.

Tendo renunciado à carreira de pastor para abraçar a literatura, quase com um sentido de missão, foi eleito em 1981 para a Academia Brasileira de Letras. Dele o colega Lêdo Ivo disse que "era uma figura que irradiava bondade e dava a impressão de guardar a infância nos olhos claros", observação que, sem dúvida, tem tudo a ver com o seu talento especial em escrever para jovens e crianças.

E.M.

Dave Santana

Ricardo Girotto

Dave Santana nasceu em Santo André-SP, no ano de 1973. Com seu traço versátil, trabalha como chargista, caricaturista e ilustrador de livros. Seu trabalho já lhe rendeu vários prêmios em salões de humor pelo país. Em 2006, foi contemplado com a menção Altamente Recomendável FNLIJ, pelas ilustrações do livro *Histórias do Brasil na Poesia de José Paulo Paes*, publicado pela Global Editora.

Dave ilustrou livros de grandes autores como *O outro Brasil que vem aí*, de Gilberto Freyre, *Os escorpiões contra o círculo de fogo*, de Ignácio de Loyola Brandão, e *Sequestro em Parada de Lucas*, de Orígenes Lessa, da Global Editora. Como autor, publicou pela mesma editora os infantis *Cadê meu cabelo?*, *Caiu na rede é peixe*, *Galo bom de goela* e *O pequeno crocodilo*.

Outros livros de Orígenes Lessa publicados pela Global Editora

A Arca de Noé

A Torre de Babel

As muralhas de Jericó

O gigante Golias e o pequeno Davi

A cabeça de Medusa e outras lendas gregas

A pedra no sapato do herói

Arca de Noé e outras histórias

Aventuras do barão de Münchhausen

Confissões de um vira-lata

É conversando que as coisas se entendem

João Simões continua

Memórias de um cabo de vassoura

Memórias de um Fusca

O edifício fantasma

O feijão e o sonho

O menino e a sombra

O Rei, o Profeta
e o Canário

O sonho de
Prequeté

Os homens de
cavanhaque de fogo

Sequestro em
Parada de Lucas

Prelo

- Daniel
- Eis o cordeiro de Deus
- Jonas